아멜리아 전설의 동물

아멜리아
전설의 동물

MONGSIL
BOOKS

차 례

새로운 시작

아름이의 일이 일어난 지 벌써 1년이란 시간이 흘렀다. 그
동안 현우, 봄, 민규, 지연이를 포함한 아멜리아 마법 학교
학생들은 평범하고 평화로운 학교생활 중이다. 여느 평범한
학교들처럼 시험을 치고, 수행평가를 쳤다.

"아~ 오늘도 너무 힘들었다. 시험공부 하느라 너무 피곤했
어."

"너 공부 안 하고 놀았……."

"악!! 조용히 해!"

"뭐, 틀린 말 했냐? 그럼 공부 열심히 하든지."

"우쒸! 내가 다음에는 꼭 공부 열심히 해서 너 이기고 만
다, 꼭!"

"그러던지~ 어차피 내가 또 이기겠지만. 네가 나를 이기면

내가 너 소원 들어준다."

"진짜지?"

"그럼. 일단 네가 날 이겨야겠지만, 이길 수 있으려나."

"허, 다음 시험 끝나고는 그 자신만만한 얼굴을 할 수 없을걸?"

"과연?"

"야! 진짜 너무해."

시험 마지막 날, 아이들은 삼삼오오 모여 분식집에 가기도 하고 놀러 가기도 했다.

"오늘 끝나고 마라탕 먹으러 갈 사람!"

"나!"

"나도 데려가."

"마치고 바로 갈까?"

"우리 학교 앞에는 너무 맵던데, 공원 쪽으로 가자."

"그래 그러면⋯⋯,"

평화로운 일상이 이어졌다.

물론 그 일이 일어나기 전까지는 말이다.

봄이는 마법 지팡이가 깨우기도 전에 눈을 떴다. 아직 눈도 제대로 뜨지 못한 봄이가 마법 지팡이에 물었다.

"마법 지팡이야, 몇 시야?"

"9시 34분입니다."

"뭐야…. 아직 10시도 안 됐잖아? 오늘 주말인데 너무 일찍 일어난 거 아냐?"

봄이는 구시렁거리며 다시 베개에 얼굴을 파묻었다.

다시 잠을 자려는 그 순간 오늘 현우와 만나기로 했던 것이 번뜩 생각이 났다.

"아, 맞다! 오늘 현우랑 데이트하기로 했는데!!"

아름이 일이 있고 난 후 현우와 봄이는 더욱 가까워졌다. 서로의 마음을 알게 된 현우가 봄이에게 고백했다.

봄이는 침대에서 벌떡 일어나 옷장의 문을 열었다. 데이트 때 입을 옷을 찾기 위해서다.

"어디 보자. 이 옷은 지난번 만날 때 입었고, 이것도……. 아, 진짜 입을 옷이 없네!"

봄이는 옷을 몽땅 꺼냈지만, 마음에 드는 옷은 없었다.

"아, 진짜 뭐 입지? 현우랑 만날 때까지 두 시간밖에 안 남았는데……."

한참을 고민한 끝에 코디를 다르게 입고 나가기로 했다.

"쇼핑하러 가든지 해야겠다. 어떻게 입을 게 없냐."

봄이는 투덜거렸다.

봄이와 현우는 학교에서도 만났지만 거의 주말에도 만나 데이트했다. 하지만 요즘 계속 국어, 수학, 영어 시험과 마법 시험이 겹쳐 도무지 데이트할 시간이 나지 않았다.

오랜만의 데이트이다.

현우와의 데이트도 있지만 특별한 약속이 하나 더 있어서 예쁘게 차려입고 꾸미느라 봄이는 약속 시간보다 20분이나 늦었다.

봄이는 자신을 기다리고 있을 현우에게 미안해서 약속 장소까지 뛰었다. 현우가 먼저 와 있었다.

"이현우!"

"어? 왔어?"

"미안해. 많이 기다렸지?"

"아니야. 나도 도착한 지 얼마 안 됐어. 뛰어왔어? 천천히 와도 되는데……"

현우는 멀리서 볼 때도 멋있는데 가까이서 보니 더 멋있어 보였다. 저 멋진 남자가 내 남자 친구라고 생각하니 봄이는 괜히 뿌듯해졌다.

현우는 봄이와 사귀면서 봄이가 활발한 겉모습과 다르게 속이 따뜻한 아이라는 걸 알았다.
봄이도 마찬가지였다. 현우는 운동을 좋아하고 약간 무심해 보이지만 사실 그 누구보다 세심하고 배려 깊은 아이라는 걸 만날 때마다 느끼는 중이다. 두 사람은 만날 때마다 서로를 더 알아가는 것 같았다. 그래서 서로 점점 더 좋아지는 것 같다.

오늘은 평소 데이트 때와 분위기가 달랐다.
사총사가 모여 아름이에게 가기로 했기 때문이다.
"3시에 만나기로 했지?"
"응, 두 시간 정도 남았으니 아름이한테 선물하고 싶은 거 골라보자."
현우와 봄이는 데이트 겸 아름이에게 선물할 것을 쇼핑하기로 했다. 두 사람은 손을 꼭 잡고 아름이에게 줄 선물을 골랐다. 선물을 고르고 마주 보며 깔깔 웃는 두 사람의 모습은 누가 봐도 사랑스러운 연인의 모습이다.

머리핀을 파는 매장에 들어갔다. 봄이는 머리핀을 하나 꺼내 머리에 꽂고 거울에 자기 모습을 비춰보았다. 금색으로 된 작은 꽃이 한 줄로 쭉 이어져 있고, 꽃마다 작은 진주가 달려 있었다. 굉장히 여성스러운 핀이었다. 평상시 봄이가 좋아하는 스타일은 아니었지만, 생각보다 잘 어울렸다. 거울에 이리저리 비춰보는 봄이를 보고 현우가 물었다.

"예쁘네. 그거 갖고 싶어?"
봄이는 깜짝 놀라 현우를 보았다.
"어, 어? 그런 거 아니야."
"사줄게. 너한테 잘 어울려."
"아니야. 괜찮아! 내가 사면 되지."
"내가 사줄게. 여자친구가 마음에 들어 하는데, 남자 친구가 선물해야지."
봄이는 현우의 배려가 고마웠다.
"감사합니다, 다음에 또 오세요!"
"진짜 고마워. 잘 쓸게!"
"응, 잘 어울린다."
현우의 칭찬에 봄이는 부끄러워 얼굴이 빨개졌다.
어느새 약속 시간이 되었다. 오랜만에 만나는 친구들이다.

학년이 올라가면서 봄이, 현우, 지연이, 민규는 모두 다른 반이 되었다. 마법도 한 단계 어려워져서 공부해야 할 것이 너무 많아 자주 만나기 힘들었다. 심지어 지연이는 마법 능력을 인정받아 우수반으로 들어가면서 더 만나기 힘들어졌다.

"와, 진짜 오랜만이다. 만나기 참 힘들다."

"그러게."

"요새 우수반에서 이동 마법을 배우는데 너무 어려워."

"우리는 약초 사용법을 배우는데 자꾸 마지막 단계에서 실패야."

"그거 쉽게 할 수 있는 방법 있는데, 알려줄까?"

"그런 게 있어? 역시 지연이야! 어떻게 하는데?"

"그거…."

봄이와 지연이는 오랜만에 만나 수다를 떨었다. 현우는 신난 봄이가 사랑스러운지 한참을 쳐다보며 미소 지었다. 고개를 돌리자 민규의 얼굴이 보였다. 그런데 민규의 표정이 좋아 보이지 않았다.

아픈가? 현우는 걱정되는 마음에 민규에게 다가갔다. 민규는 자기 옆으로 오는 현우를 쳐다보았다.

"…일 년만인가."
민규가 중얼거렸다.
'아픈 건 아닌가 보네.'
"그렇지. 바로 어제 일같이 아직도 선명한데……."

네 사람은 아름이의 무덤 앞에 섰다.
1년이 지나 그런지 봄이가 갖다 놓았던 노란 메리골드는
본래의 색을 잃고 까맣게 시들었다. 학교생활이 바빠 아름이
에게 너무 신경 쓰지 않았던 것 같다. 아름이한테 자주 왔었
어야 했는데. 지연이는 까맣게 시든 메리골드를 치우고 새로
사 온 짙은 자주색의 샤프란을 놓았다.

"아름아. 잘 지냈어? 우리는 잘 지내고 있어. 아직도 네가
없는 이 세상은 허전한 거 같아. 너 만나러 자주 오고 싶었
는데……. 그러지 못해서 미안해. 오늘 나랑 현우가 같이 너
주려고 쇼핑하고 왔다? 뭐 사 왔냐면…… 짜잔! 네가 좋아했
던 도넛이랑, 또, 너한테 잘 어울릴 것 같은 팔찌 사 왔어.
너 별무늬 좋아했잖아. 그래서 별무늬 있는 팔찌로 준비했어.

우리 요즘 학교에서……."

도착하자마자 봄이는 아름이의 무덤 앞에서 이야기를 시작했다. 나머지 세 사람은 그 모습을 지켜보았다.

봄이가 한참 이야기하고 나자 지연이가 조심스럽게 말했다.

"아름아. 잘 지내고 있니? 나는 네 덕분에 요즘 학교생활 잘하고 있어. 나 많이 씩씩해졌어. 이제는 잘 울지도 않고 항상 씩씩하게 지내려고 노력 중이야. 자주 안 왔다고 삐진 거 아니지? 매일 네 생각을 한다고 해놓고 그러지 못해서 미안해. 그래도 네 생각 많이 하는 거 알지? 그리고 꽃을 사 왔는데 이 꽃 이름은 샤프란이래. 내가 며칠 동안 고민해서 고른 꽃이야. 예쁘지? 꽃말은 지나간 행복이래. 너와 우리가 함께 했던 모든 것이 행복했던 것 같아. 그리고 그 행복은 지나갔지만, 내 마음속에선 항상 행복한 모습이야. 우리 추억의 한 페이지가 되어줘서 고마워."

지연이도 많이 씩씩해졌다. 일 년 전이었다면 이런 지연이의 모습은 상상하기 힘들었을 텐데…….

"민규야, 너는 할 말 없어? 있으면 얼른 해."

"나는 됐어. 괜찮아."

민규는 금방이라도 눈물이 나올 거 같아서 하고 싶은 말을 참기로 했다.

'민규도 그렇고 지연이도 그렇고 다들 많이 성장한 것 같다. 제법 어른스러워졌네.'

현우는 다들 제법 어른스러워졌다고 생각했다.

첫 만남

아름이 무덤 앞에서 한참 이야기를 나눈 아이들은 아쉬운 만남을 끝내고 집으로 돌아갔다.

현우는 봄이를 집 바로 앞까지 데려다주었다.

"데려다줘서 고마워. 다음에는 내가 데려다줄게."

"마음만 받을게 ㅎㅎ."

"왜! 내가 데려다줄게!"

"내가 데려다줘야 마음이 편해."

"치, 알겠어."

"그럼 잘 들어가."

"응, 너도 들어가면 나한테 잘 도착했다고 연락해줘."

현우는 고개를 끄덕이고 현우 집 가는 방향으로 몸을 돌렸다.

"다녀왔습니다!"

"어~, 왔어?"

"응, 오늘 저녁 뭐야?"

"오늘 저녁은 오므라이스와 미소 된장국이야."

"우와! 맛있겠다!"

"그 전에 이것 좀 옆집에 갖다 드리고 와."

"뭔데?"

"딸기와 포도. 전에 옆집에서 음식 하신 거 나눠 주셨잖아. 이것 좀 전해드리고 와, 알겠지?"

"알겠어. 갔다 올게!"

봄이는 딸기와 포도를 담은 봉지를 들고 밖으로 나왔다.

비가 쏟아지고 있었다. 아까는 비가 오지 않았는데.

'앗, 차가워. 웬 비야?'

봄이는 방수 마법을 사용해서 비를 피하며 옆집으로 향했다.

과일을 전하고 집으로 들어갈 때 무언가 봄이 눈에 띄었다.

'어? 저게 뭐지?'

작은 박스가 비에 젖어있었다.

'남의 집 앞에 누가 쓰레기를 버려 놓은 거야? 잡히면 진짜 가만 안 둬!'

봄이는 툴툴거리며 박스를 치우기 위해 박스를 들었다.

"잉? 왜 이렇게 묵직해?"

묵직했다. 박스 안에 뭔가 들어 있었다. 봄이는 축축하게 젖은 박스를 열었다.

"헐!!! 이게 뭐야!!"

비에 젖고 어두워서 잘 보이지는 않았지만 박스 안에는 아주 작은 생명체가 몸을 돌돌 말고 있었다.

"Light(빛)."

봄이는 마법 지팡이의 빛을 밝혔다. 조그마한 배가 팔딱거리면서 움직였다. 아직 살아 있었다. 그 생명체 옆에는 '잘 키워주세요'라고 쓰인 쪽지가 있었다.

집으로 데려갈까 했지만, 엄마의 반응은 뻔했다. 학교생활하기에도 빠듯한 봄이다. 외면하려고 했다.

박스를 바닥에 내려놓았다.

그러자 그 작은 생명체가

"낑……."

소리를 냈다.

봄이는 다시 그 생명체를 보았다. 비에 젖어 덜덜 떨고 있는 생명체를 보자 안쓰러운 마음이 들었다. 여기에 그대로 뒀다가는 죽을지도 모른다. 나중에 어떻게 되든 일단 집에 데리고 들어가야겠다.

"우리 집에 가자!"

"다녀왔습니다!!"

"그래, 봄아. 옆집에 잘 전해드렸어? 밥이 다 됐는데 밥 먼저 먹을……. 이게 뭐야?"

엄마는 봄이가 품에 안고 있는 작은 생명체를 보고 소리를 질렀다.

"아, 이거? 밖에 버려져 있길래……. 비도 오고 밖에 두기는 좀 그래서……."

그 작은 생명체가 봄이의 말에 대답이라도 하듯 낑낑거렸다. 집에 와서 자세히 보니 아직 눈도 제대로 뜨지 못한 아기였다.

봄이는 엄마를 보며 말했다.

"애도 밖에 있기 힘들었대."

21

봄이는 생명체를 보고 있다가 엄마 얼굴을 한 번 쳐다보고
는 눈치를 보며 히히 웃었다.

"봄아. 여기 잠깐 앉아볼래?"
엄마가 이렇게 이야기하면 잔소리할 것이 뻔하다. 봄이는
마음의 준비를 하고 엄마 옆에 앉았다.
"봄아. 엄마가 너 하는 일을 다 이해하는 거 알지? 엄마는
너 마법 학교 간다고 했을 때도 반대하지 않았잖아."
"응. 그렇지."
"너 전에도 애완동물 키우고 싶다고 했어, 안 했어?"
"……응, 했지."
"네가 잘 키우겠다고 엄마한테 몇 번이나 약속하고 여름이
를 데려왔잖아."
"……그랬지."
"그래서 지금 어떻게 됐지?"
"……."
"너는 처음에만 잠깐 여름이를 돌보다가 결국 엄마가 여름
이 밥도 먹이고, 목욕도 시키고 다 하고 있잖아."

애옹.

엄마 품에 안겨 있던 여름이가 엄마의 말이 맞는다는 듯 소리를 냈다.

"이번에도 마찬가지야. 너 엄마하고 의논도 안 하고 이렇게 동물을 데리고 들어오면 어떡하니?"

"아, 엄마. 미안해. 이번에는 내가 진짜 잘 키울게. 진짜 어쩔 수 없었어! 지금 밖에 비도 오고 추운데 그냥 뒀다가는 애 죽을 게 뻔한데……. 비가 그치면 다시 밖에 둘게."

봄이는 엄마를 설득하기 위해 평상시에 볼 수 없었던 애교를 부렸다. 노력이 통했는지 엄마는 깊은 한숨을 내쉬고 허락했다.

"하…… 그래, 알았어."

"꺅!! 엄마! 허락한 거지?"

"근데 비가 그치면 꼭 밖에 내보내야 해! 약속했어."

"알았어, 알았어. 사랑해!"

엄마에게 허락받고는 봄이는 신이 나서 폴짝폴짝 뛰었다. 봄이는 그 생명체를 방으로 데리고 들어갔다. 엄마는 봄이의 뒷모습을 보며 작게 한숨을 쉬었다.

여름이는 엄마를 위로라도 하듯 엄마의 품에 머리를 비볐다.

"어휴, 여름아, 너희 언니를 어쩌면 좋니?"

엄마는 여름이를 쓰다듬으며 봄이 방문을 쳐다보았다.

봄이는 조심스럽게 그 생명체를 침대 위에 올려놓았다. 추운지 그 생명체는 오들오들 떨고 있었다. 봄이는 이불을 덮어주었다.

"많이 추웠지? 여기에서 잠깐 기다리고 있어. 금방 따뜻해질 거야. 밥만 먹고 금방 올게!"

봄이는 한참 동안 침대 위에 올려놓은 생명체를 보다가 방을 나왔다.

"잘 먹었습니다!!"

봄이는 저녁을 먹자마자 냉장고 문을 열었다. 방에 있는 생명체도 배가 고플 것 같았다. 봄이는 한참 냉장고를 뒤지다가 소시지를 발견했다.

김혜림 선생님

그 생명체는 봄이의 침대 위에서 몸을 동그랗게 말고 잠을
자고 있었다.

"얘, 뭐 안 먹었지? 이거라도 먹어"

봄이는 소시지를 반으로 나눠서 그 생명체의 코에 갖다 댔
다.

자고 있던 생명체는 소시지의 냄새를 맡았는지 두 눈을 동
그랗게 뜨고 소시지에 코를 박고 킁킁거렸다. 한참 냄새를
맡더니 소시지가 먹는 거라는 걸 안듯 입을 크게 벌리고 허
겁지겁 먹었다. 소시지가 금방 없어졌다.

"많이 배고팠나 보네."

봄이는 그 생명체를 한참 지켜봤다.

"이렇게 귀여운데, 누가 버리고 갔을까? 밖에 오래 있었어? 많이 추웠겠다. 그치? 이렇게 된 것도 인연인데 너 이름이나 지어줄까?"

봄이는 그 생명체를 번쩍 들어 올렸다. 생명체를 들고 이리저리 살피며 생각했다.

"음…. 도마뱀 같이 생겼네. 음…. 룽룽이 어때? 룽룽이 괜찮아?"

봄이는 자신이 데려온 생명체에게 물었다. 당연히 대답이 없었지만 두 눈을 끔뻑거리는 것이 자신의 이름이 마음에 드는 것 같았다. 왠지 웃는 것처럼 느껴지기도 했다.

봄이는 씨익 웃었다.

"그래, 앞으로 네 이름은 룽룽이야!"

봄이는 룽룽이를 안아서 볼에 비볐다. 룽룽이와 비비자 봄이의 볼이 뜨거워졌다.

일요일.

사총사는 오랜만에 김혜림 선생님을 만나기로 했다. 아름이의 무덤에서 선생님을 만난 이후 처음이다. 그 후 김혜림 선생님은 계속 작가로 일하고 있다. 김혜림 선생님은 작가 일을, 아이들은 학교생활을 하느라 다들 너무 바빴다.

"선생님. 잘 지내셨어요?"

"그래, 너희도 잘 지냈니?"

"저희야 뭐 늘 그렇죠."

"학교생활은? 어려운 건 없고?"

"저는 변신 마법을 할 때마다 늘 발가락 하나가 변신하지 않아요. 계속 연습 중인데 잘 안되네요."

"그래, 선생님도 예전에 마법 사용할 때 완전히 변신하는 게 힘들더라."

"...선생님은 이제 완전히 마법을 사용하지 않으세요?"

"응. 아멜리아를 나온 이후로는 마법을 사용하지 않고 있어."

봄이가 궁금해 물었다.

"왜요? 저는 선생님 마법 좋아했는데~ 아쉽다."

김혜림이 쓸쓸한 듯 웃었다.

"하하, 지금 못 쓰는 건 아닌데 굳이 쓸 필요가 없더라고. 마법 지팡이도 이제 없고. 그리고 그 학교에서 배운 건 이제 쓰고 싶지 않네……."

"아……."

수긍이 되었다.

어찌 보면 학교의 끔찍한 비리를 제일 가까이서 본 사람이 김혜림 선생님이다.

봄이는 죄송한 마음이 들었다.

"죄송해요. 괜히 여쭤본 것 같네요."

"어? 아니야. 이젠 다 지나간 일인데, 뭐. 이제는 아무렇지도 않아."

"수학 선생님은 어떻게 지내시는지 혹시 소식 들은 거 있으세요?"

"글쎄, 나도 잘 모르겠어. 지난번에 아멜리아 선생님들을 만났을 때, 대충 듣기는 했는데, 수학 선생님은 이제 마법 학교와 전혀 상관없는 일을 하고 계신다는 것 같았어."

민규는 입술을 깨물었다.

"수학 선생님도 좋은 사람이었는데, 교장 선생님 때문에⋯⋯."

교장 선생님의 욕심 때문에 많은 아이가 희생되었고, 선생님들도 피해를 보았다는 것이 용서되지 않았다.

민규는 화가 난 목소리로 말했다.

"그래도 수학 선생님이 아니었으면 그 많은 아이가 희생되지 않았을 거잖아."

현우는 민규 어깨를 토닥였다.

"선생님은 요즘 어떤 이야기를 쓰고 계세요? 지난번에 쓴 아멜리아는 많이 팔렸어요?"

"요즘 이것저것 구상 중이긴 한데 딱히 생각나는 건 없어. 뭘 써야 하나 고민 중이야."

"아멜리아는요?"

"응, 그건 베스트셀러가 되었어. 이래 봬도 선생님 꽤 유명한 작가다?"

"와, 멋지다."

한참 이야기를 나누다 보니 헤어질 시간이 다가왔다.

"애들아, 이제 갈까?"

현우가 아이들을 재촉했다.

"그래, 너무 늦었네. 선생님 집은 항상 열려있어. 놀러 오고 싶을 때마다 놀러 와."

봄이는 어제 데려왔던 룡룡이가 생각났다. 김혜림 선생님은 마법 학교의 선생님이었으니 룡룡이가 무슨 동물인지 알지도 모른다. 봄이는 어제 마법 지팡이에 담은 룡룡이의 모습을 보여드리기로 했다.

"선생님, 여쭤볼 게 있는데요……."

"응, 뭔데?"

"제가 어제 집 앞에서 이런 동물을 데리고 왔어요. 보통 동물은 아닌 것 같고 처음 보는 동물이라 혹시 마법 동물이 아닐까 해서요. 혹시 선생님은 이게 뭔지 아실까요?"

김혜림 선생님은 봄이의 마법 지팡이가 보여주는 룡룡이를 유심히 보았다.

처음 보는 동물이었다.

"음……. 미안해, 봄아. 선생님은 처음 보는 동물이야."

"아…. 네!! 감사합니다. 선생님, 다음 책 다 쓰시면 저한테 먼저 보여주셔야 해요~ ㅋㅋ"

"그래, 당연하지! 너한테 첫 번째로 보여줄게."

"헤헤 감사합니다!! 그럼 다음에 봬요!"

전학생

다음날.

봄이 반 담임 선생님이 들어오셨다.

"얘들아, 전학생이 왔단다."

"엥, 마법 학교에 전학생이라고?"

"아, 궁금한데 얼굴이 안 보여…."

"대박, 근데 나 이 학교 다니면서 전학생 처음 봐."

"그러니까, 어떤 마법 능력을 갖추고 있길래……."

아멜리아 학교에 전학생이 왔다는 얘기를 듣고 아이들이 수군거렸다.

그중 가장 수다스럽고 장난꾸러기인 승우가 선생님께 큰소리로 질문했다.

"선생님, 전학생은 여자예요?"

아이들이 빵 터졌다. 선생님은 승우를 쳐다보곤 어이가 없다는 듯이 헛웃음을 지으며 고개를 끄덕였다.

선생님은 앞문에 가려있던 전학생을 불렀다. 전학생이 교실 안으로 들어왔다.

여학생이었다.

그 아이는 머리가 매우 길었다. 앞머리는 눈을 가릴 정도로 길었고, 다른 머리도 얼굴을 거의 가려서 얼굴이 보이지 않았다. 그 아이는 선생님 옆에 어색하게 서 있었다.

승우는 자리에서 일어서서 그 여학생을 보려고 했지만, 얼굴이 보이지 않았다.

"자기소개 해 줄래?"

여학생은 선생님이 인사를 시키자 조심스럽게 입을 뗐다.

"어…. 이…. 이름은…. 엘나르…. 구요…. 잘…. 부탁…. 드립니다."

엘나르는 고개를 푹 숙이고 인사를 했다. 소심하고 조용한 친구 같아 보였다.

"엘나르, 저기 뒤 빈자리에 앉으면 되겠다."

선생님은 자리를 가리켰다. 엘나르는 긴 앞머리 때문에 자리가 잘 보이지 않는지 고개를 살짝 들어 두리번거렸다.

그때 엘나르와 봄이의 눈이 마주쳤다. 그 순간 봄이는 왠지 엘나르가 자신을 노려보는 것 같았다. 어리둥절했다.

'엥? 나랑 눈이 마주친 건가?'

몸을 좌우로 움직여 자신을 보는지 확인했다. 엘나르는 봄이와 눈이 마주치자 다시 고개를 숙였다. 엘나르가 실제로 봄이를 노려보았는지 눈이 가려져 있어서 정확히 알 수는 없었다. 하지만 엘나르의 눈동자가 봄이를 좇는 듯 보였다. 그리고 확실하지는 않지만, 증오가 느껴졌다.

실습 시간이 되었다.

전학생의 실력이 어느 정도나 되는지 궁금한 아이들은 엘나르를 힐끔힐끔 쳐다보았다. 어떤 능력을 갖추고 있기에 마법 학교에 전학 왔을까. 아멜리아에 입학하기도 어렵지만, 지금까지 전학생을 본 적도 없다. 그런데 전학을 왔다니. 보통 이상의 마법 능력을 갖춘 것이 틀림없었다. 궁금증을 못 이긴 몇몇 아이들이 엘나르 주변에 모였다. 봄이도 그 무리에 끼어 있었다.

"전학생, 너 실력이 진짜 궁금하다."

"너는 어떤 마법을 제일 잘 사용해?"

"너 마법을 잘 사용하면 나 좀 도와줘."

엘나르는 이미 인기인이었다. 그러나 엘나르의 마음은 그렇지 않았다. 엘나르는 아이들의 시선이 자신에게 집중되는 것이 부담스러웠다. 이렇게 많은 아이를 어떻게 대해야 할지 아직 잘 모르는 엘나르는 자리에 가만히 앉아 고개를 숙여 손가락만 꼼지락거리고 있었다.

"엘나르, 아무 마법이나 사용해보겠니?"

마법 실습을 담당하는 선생님이 엘나르에게 마법을 사용해보라고 했다. 엘나르는 조금 전의 부끄러움은 잊은 듯 곧 마법 능력에 집중했다.

엘나르는 검은 구체를 만들었다. 검은 구체는 점점 커졌다. 이런 깊이를 알 수 없는 검은 구체는 마법 실습 선생님도 처음 보는 것이다. 아이들도 처음 보는 광경에 넋을 놓았다.

그런데 이상했다. 엘나르의 주변에서 검은 기운이 느껴졌다.

봄이는 갑자기 온몸에 소름이 돋았다.

'뭐지? 왜 불길한 거지? 기분 탓인가?'

이 검은 기운은 흑마법이 분명하다. 그렇지만 교장 선생님이 사라지면서 아멜리아에서 흑마법을 사용하는 사람은 사라졌다. 그뿐 아니라 흑마법은 엄청난 마법의 힘이 필요하다. 그래서 아직 마법의 힘이 부족한 학생들은 흑마법을 사용하기 힘들다. 엘나르는 흑마법을 꽤 능숙하게 사용했다.

하지만 선생님이나 아이들 모두 흑마법을 이상하게 생각하는 사람이 없었다. 오히려 처음 보는 마법에 반한 듯 넋을 놓고 바라보고 있었다.

"와, 너 진짜 멋있다."

"맞아. 인정."

"진짜 짱이다."

여기저기서 엘나르에게 찬사가 쏟아졌다. 봄이도 이상한 느낌은 있었지만 깊이 생각하지 않는 봄이의 성격상 처음 보는 마법을 사용하는 엘나르가 멋있어 보였다. 봄이는 고개를 흔들었다.

'설마, 흑마법일 리가.'

엘나르가 마법을 끝냈다. 아이들은 엘나르를 향해 박수 쳤다. 봄이도 엘나르의 능력에 반해 누구보다 크게 박수를 쳤다.

마법을 끝내자 엘나르는 원래의 모습으로 돌아왔다. 모든 아이의 시선이 자신에게 향한 것이 부담스러운지 조용히 구석으로 향했다.

하지만 엘나르의 마음을 알 리 없는 아이들은 엘나르를 따라다니며 칭찬했다. 몇몇 아이들은 엘나르에게 마법에 관해 묻기도 했다. 변신 마법으로 고민하던 봄이도 엘나르의 마법 능력을 보고 자신도 엘나르에게 조언을 구하고 싶었다. 엘나르는 변신 마법도 잘할 것 같았다.

봄이가 엘나르에게 말을 걸었다.

"저기…. 엘나르?"

"……."

자신에게 말을 건 사람이 봄이라는 걸 안 엘나르는 갑자기 인상을 쓰더니 황급히 자리를 피했다. 그런데 엘나르가 자리를 피하면서 또 자신을 노려본 것도 같다.

"…또 노려본 것 같은데. 아닌가? 아니, 그것보다 도대체 나를 왜 피하는 건데!"

봄이는 엘나르가 자신을 자꾸 피하는 것 같은데 그 이유를 알 수 없었다. 당장 엘나르를 쫓아가서 이유를 묻고 싶었다.

룡룡이

수업이 끝나고 봄이는 집에 왔다.

아름이 사건 이후 봄이는 기숙사에서 나와 집에서 다니고 있다. 언젠가 다시 기숙사에서 생활하겠지만 아직은 아름이의 흔적이 남아 있는 곳에서 생활할 자신이 없었다.

"룡룡아! 나왔다! 많이 심심했......"

방으로 들어온 봄이는 믿을 수 없는 표정을 지었다.

봄이의 방은 엉망진창이었다. 베개는 터져서 솜이 이리저리 뒹굴었고, 책상 위 스탠드는 넘어져 있었다. 서랍은 모두 열려 안에 있던 물건들이 바닥에서 나뒹굴었고 어디선가 탄내도 나는 것 같다. 봄이의 방은 거대한 태풍이 휩쓸고 지나간 듯 처참했다.

"이게…. 뭐지…?"

봄이가 멍한 표정으로 자신의 방을 쳐다보고 있을 때 갑자기 이불이 이리저리 막 움직이더니 그 안에서 룡룡이가 쏘옥 튀어나왔다. 룡룡이는 봄이를 보더니 반가운 표정으로 봄이에게 콩콩 뛰어왔다. 봄이는 룡룡이를 안아 올렸다.

"이게 어떻게 된 거야? 룡룡아, 네가 이런 거야? 이거 다 어떡할 거야? 엄마한테 혼나겠네."

"봄아, 왔니?"

봄이의 소리를 들은 엄마가 봄이 방에 들어왔다.

"앗! 엄마 안 ㄷ……."

엄마를 막을 틈도 없었다. 엄마도 봄이가 방문을 열었을 때와 같은 뜨악한 표정이 되었다.

"이…. 이게…. 다 뭐야?"

"……엄마, 그게 있잖아. 내가 설명할게."

룡룡이는 아무것도 모른다는 듯 순진한 표정으로 엄마를 바라보았다.

"혹시 저 동물이 이렇게 한 거야?"

"아니, 엄마. 그게……."

"그렇구나?"

"엄마, 내 말 좀 들어봐."

하지만 엄마는 단호했다.

"봄아…. 저거 당장 내보내."

"아니, 엄마. 내가 있잖아."

"안돼. 내가 쟤 데려왔을 때 얘기했지? 당장 내보내. 너도 분명 비가 그치면 내보낸다고 했잖아."

엄마는 머리끝까지 화가 났다.

지금은 엄마한테 무슨 말을 해도 통하지 않을 것 같았다. 봄이는 체념하고 룡룡이를 안고 밖으로 나갔다. 갈 곳이 없는 봄이는 집 앞 놀이터 그네에 앉았다.

"룡룡아. 널 정말 내보내야 할까?"

봄이는 룡룡이를 쳐다보았다. 룡룡이도 봄이처럼 슬퍼 보였다. 봄이는 결심한 듯 말했다.

"하…. 그래. 내가 널 어떻게 버려. 몰래라도 키워야지. 대신 더 이상 사고치고 그러면 안 돼. 또 사고 치면 그땐 정말 널 키우지 못한다고. 내 말 알겠지?"

룡룡이는 봄이의 말을 알아들은 듯 봄이 주변을 뱅글뱅글 돌면서 봄이에게 몸을 비벼댔다. 룡룡이도 기분이 좋아 보였다. 봄이는 룡룡이를 보고 미소를 지었다. 봄이는 룡룡이를 재킷 안에 숨기고 집으로 들어갔다.

엄마가 어질러진 봄이의 방을 치우고 주방에서 저녁 준비를 하고 있었다.

평소의 봄이었다면 저녁 메뉴를 물어봤을 거다. 하지만 지금은 괜히 말을 걸면 룡룡이에 관해 추궁당할지도 모른다. 봄이는 엄마에게 들키지 않도록 후다닥 방으로 들어갔다.

봄이는 룡룡이를 침대 위에 올려놓았다.

"너 여기서 사고 치지 말고 조용히 있어야 해. 말 잘 들으면 나중에 소시지 갖다줄게."

봄이는 룡룡이에게 단단히 일러두고 저녁을 먹으러 갔다. 봄이는 최대한 아무렇지도 않은 표정을 지으며 엄마에게 물었다.

"엄마, 오늘 저녁 뭐예요?"

"오늘 저녁은 너 좋아하는 김치찌개. 맞다. 봄아, 그 동물 잘 갖다 놓고 왔어? 그래도 생명인데 아무 데나 버리고 온 거 아니지?"

봄이는 거짓말에 익숙하지 않다.

엄마 말을 듣는 순간 봄이의 머리가 멈추었다. 방에 있는 룡룡이가 떠올랐다. 룡룡이를 엄마한테 들키면 안 될 것 같았다. 봄이는 열심히 머리를 굴렸다.

"……학교에 길 잃고 방황하는 동물들을 보호하는 곳이 있어요. 거기에 맡겨두고 왔어요."

"그렇구나, 이제 밥 먹자."

"잘 먹겠습니다."

안 하던 거짓말을 했더니 봄이 등에서는 식은땀이 났다. 횡설수설한 것 같긴 하지만 다행히 엄마가 눈치를 챈 것 같지 않았다. 꼬치꼬치 캐묻지 않고 그냥 넘어가 주었다. 수다스러운 봄이지만 오늘만은 살면서 가장 조용했다. 김치찌개도 무슨 맛으로 먹었는지 기억나지 않았다.

봄이는 엄마가 설거지하는 사이 몰래 냉장고에서 소시지를 하나 챙겨서 방에 들어갔다.

"룡룡아, 어디 있니?"

소시지 냄새가 나자 룡룡이는 코를 킁킁거리며 이불 밑에서 나왔다. 봄이는 룡룡이에게 소시지를 내밀었다. 룡룡이는 군침을 꿀꺽 삼키더니 소시지를 맛있게 먹었다.

"……널 어떻게 하지?"

봄이는 침대에 누워서 소시지를 맛있게 먹고 있는 룡룡이를 보며 말했다. 룡룡이는 소시지를 먹다가 봄이 손에 머리를 들이밀었다. 그리고는 쓰다듬어 달라는 듯이 봄이 손에 머리를 비벼댔다. 그런 룡룡이를 보자 자신도 모르게 웃음이 나왔다. 봄이는 룡룡이의 머리를 쓰다듬어 주었다.

룡룡이도 기분이 좋은 듯 온몸이 붉은색으로 짙게 물들었다. 룡룡이의 몸은 평소에도 약간 붉은 편이지만 기분이 좋으면 붉은색이 짙어진다. 룡룡이의 몸이 붉어지자 봄이의 손이 따스해졌다. 불안했던 봄이의 마음도 편안해졌다.

"이런 너를 어떻게 갖다 버려…."

룡룡이와 놀다 보니 어느덧 잘 시간이 되었다.

봄이는 룡룡이를 꼭 안고 잠들었다.

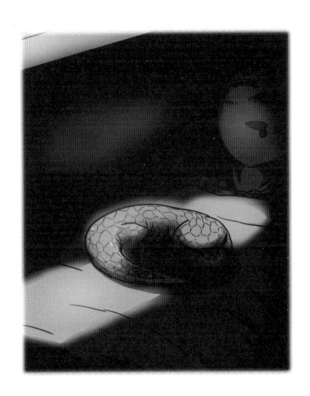

아슬아슬한 동거

엄마의 눈을 피해 아슬아슬한 동거가 시작되었다.

"자! 여기가 네 집이야 어때? 꽤 괜찮지 않아?"

상자로 룡룡이의 집을 만든 봄이는 자신이 가장 아끼는 담요를 깔았다. 그 담요는 초록색 나뭇잎 무늬가 그려져 있는데, 붉은빛의 룡룡이와 꽤 잘 어울렸다.

"와, 크리스마스 느낌이 나는데? 좋아, 난 마음에 들어! 너도 그렇지 룡룡아?"

룡룡이도 마음에 드는 듯 붉은색이 한층 짙어졌다. 룡룡이는 봄이가 만들어준 상자 안에서 빙빙 돌고 팔짝팔짝 뛰었다.

봄이는 룡룡이의 집에 살짝 마법을 사용했다. 엄마가 눈치채지 못하게 방구석에 룡룡이 집도 숨겨두었다.

"이 정도면 엄마가 눈치 못 채겠지? 잠깐…… 엄마가 방 청소라도 한다고 하면 큰일인데……."

깔끔한 봄이 엄마의 성격에 봄이의 방이 지저분하면 분명 정리하려 할 것이다. 그렇게 되면 룡룡이를 숨긴 것을 들키는 것은 시간문제다.

"미리 방 청소를 해야겠다!"

봄이는 두 팔 걷어붙이고 방 정리를 시작했다.

"와, 분명 엄마가 아까 내 방 치워줬는데 왜 이렇게 더럽지?"

봄이가 열심히 방을 정리하자 룡룡이는 봄이를 응원이라도 하는 듯 방안을 신나게 뛰어다녔다.

"어우 야, 먼지 날리잖아. 가만히 좀 있어!"

신나게 뛰어다니는 룡룡이에게 한 소리 하기 위해 룡룡이 쪽으로 몸을 홱 돌렸을 때 오른손에 들고 있던 걸레가 책상 한쪽에 있던 머그컵을 쳤다. 그 머그컵은 아름이가 선물해준 컵으로 봄이의 보물이다.

"안 돼! 내 컵!!"

머그컵이 바닥에 닿기 직전, 룡룡이가 잽싸게 컵 쪽으로 달려갔다. 다행이다. 룡룡이가 컵을 받았다.

"휴, 십년감수했다. 룡룡아, 고마워! 진짜 아끼는 컵이거든."

봄이는 룡룡이가 기특해 머리를 마구 쓰다듬었다. 룡룡이
가 봄이의 방 청소를 도운 덕에 방 청소를 빨리 끝냈다.

"휴! 청소 끝!!"

방 청소가 끝나자마자 봄이는 바로 침대에 대자로 드러누
웠다. 룡룡이도 힘들었는지 봄이 옆에 배를 까고 봄이처럼
대자로 누웠다. 룡룡이가 자신을 따라 하는 것처럼 보여 봄
이는 깔깔거리며 웃었다.

"룡룡아, 많이 힘들었어? 완전 대자로 누웠네? 수고했어.
도와줘서 고마워."

다음날.

"이봄!!! 빨리 일어나! 너 지각이야 난 분명 깨워줬다!!!"

"악! 늦었다, 늦었어."

마법 지팡이가 오늘은 안 깨워준 건가? 왜 오늘 마법 지팡
이가 안 깨워 준 거야?

봄이는 투덜거리며 학교에 갈 준비를 하느라 바빴다. 준비
를 끝내자 봄이는 룡룡이를 쓰다듬었다.

"너 나 학교에 있을 때 말썽 피우지 말고 얌전히 있어. 한
번만 더 말썽 피우면 정말 쫓겨날지도 몰라. 알겠지?? 여기

먹을 거 놔둘게. 배고플 때 먹고 상자 안에만 있어야 해!"

"이봄! 지각이라고!"

"이제 나가요!!! 나 다녀올게!"

봄이는 학교에서도 계속 룽룽이 생각만 했다.

"부디 사고 치지 않기를……."

봄이는 두 손을 모으고 기도했다.

하지만 하늘은 언제나 우리 편은 아니다. 간절한 봄이의
바람과 달리 룽룽이는 매일 사고를 치고 돌아다녔다.

봄이 엄마는 화초를 키우는 걸 좋아해서 집에 화분이 많은
편이다. 봄이 엄마는 그 식물들을 정성껏 키우고 있었다. 집
에 오는 사람들마다 식물을 보며 감탄을 금치 못했다.

그중 거실에 가장 큰 화분이 있는데, 화분이 마치 커다란
그릇처럼 생겼는데 어느 날부터 거기서 고약한 냄새가 났다.

"어휴, 이게 무슨 냄새야?"

봄이 엄마가 인상을 찡그렸다.

"엄마, 왜?"

"아니, 화분에서 이상한 냄새가 나서. 어, 뭐야 잎도 조금
그을린 것 같은데?"

그 순간 봄이는 머릿속에 무언가 스쳤다. 그 생각을 애써 지우며 말했다.

"아하하, 엄마 아무것도 아닐 거야. 걱정하지 마! 내가 다 해결해 놓을게!"

"무슨 소리야? 네가 뭘 어떻게 해결한다고?"

"아, 그러네? 내가 뭘 어떻게 해결하지? 아하하. 엄마 그래도 이제 그런 일 없을 거야."

"도대체 무슨 소리야?"

방으로 들어온 봄이는 룡룡이를 찾았다.

"룡룡아, 혹시 화분에 무슨 짓 했니?"

룡룡이는 아무것도 모른다는 표정으로 봄이를 올려보았다.

"너 설마…… 화분을 화장실로 쓴 건 아니지?"

"……"

뿌듯하게 미소 짓는 룡룡이를 보며 봄이는 한숨을 쉬었다.

"하아……. 신경 못 쓴 내 잘못이지. 앞으로는 절대로 그러지 마, 알겠지?"

봄이는 룡룡이의 양쪽 앞발을 들어 올려 룡룡이와 눈을 마주쳤다. 룡룡이가 대답이라도 하듯 봄이를 보며 웃었다.

평화로운 주말 오후. 봄이 가족들은 거실에 모여 TV를 시청하고 봄이는 현우와 데이트를 위한 옷을 찾고 있었다.

"아니, 요즘 건망증인가……. 머리 끈을 어디에 뒀는지 모르겠어."

"엥? 엄마 물건 건드리는 사람 없잖아요."

"그러니까, 자꾸 없어지네. 한번은 머리 끈을 식탁 위에 두고 냉장고 문을 열고 뒤돌아보니까 머리 끈이 사라졌더라니까."

"엄마가 착각한 거 아니에요?"

"한 번이면 이해하지. 그런데 그날 세 번이나 그랬다고. 누가 들고 가는 것도 아니고."

봄이는 엄마 몰래 자리에서 일어나 방으로 향했다. 룽룽이의 자리를 보니 룽룽이는 순진한 표정으로 엄마의 머리 끈을 깔고 곤히 자고 있었다. 봄이는 다시 거실로 슬그머니 나와 엄마의 머리 끈을 새로 주문했다.

'전부터 봐놓은 옷들을 사려고 석 달이나 모은 용돈인데……. 룽룽아 너무해 ㅠㅠ'

봄이는 속으로 울음을 삼키며 결제 버튼을 눌렀다.

"엄마! 오늘 저녁은 뭐예요?"

"오늘은 오랜만에 김밥 만들려고."

"와, 정말요?"

"맛있게 만들어 줄 테니 조금만 기다려."

"네! 기대하고 있을게요."

봄이는 여러 재료를 한 번에 먹을 수 있어 김밥을 좋아한다. 오랜만에 먹는 김밥이라 들떴다.

"엄마 만드는 거 옆에서 봐도 돼요?"

"도와줄 거 아니면 방에 가서 숙제나 하시죠."

"힝…. 네."

봄이는 방으로 들어와 숙제하다가 또 슬그머니 방문을 열었다.

"엄마, 내가 뭐 도울 일 없어요?"

"없어. 가만히 있는 게 도와주는 거야."

"그래도⋯⋯."

"정 도와주고 싶으면 옆에 앉아서 재미있는 얘기나 좀 해 줘. 요즘 학교에서 재미있는 일은 없니?"

"아, 그러고 보니까 저번에⋯⋯."

오랜만의 대화라 신나게 얘기를 하던 봄이 눈에 룽룽이가 어슬렁거리며 방에서 걸어 나오는 모습이 보였다.

'악!! 쟤는 왜 나오는 거야!?'

마침 엄마가 참기름을 가지러 자리에서 일어났다. 룽룽이는 그 틈을 놓치지 않고 잽싸게 어묵 하나를 챙겨 방으로 들어갔다.

'와. 쟤 생각보다 재빠르네? 지금까지 그래서 엄마에게 들키지 않았구나.'

봄이는 룽룽이의 잽싼 모습에 감탄했다.

"미리 다 준비해놓는다는 걸 깜빡했네. 그래서, 어떻게 됐어?"

다행히 엄마는 아무것도 눈치채지 못하고 다시 김밥을 만들었다. 룽룽이가 다시 나왔다.

'아니, 방금 하나 먹었으면서 왜 또 나오는 거야!!!?'

다행히 엄마는 아직 눈치채지 못했다. 봄이는 룽룽이에게 얼른 햄을 던져주고 빨리 방으로 들어가라며 손짓했다. 햄을 받아든 룽룽이는 의기양양하게 방으로 들어갔다.

"이상하네. 내가 재료 개수를 딱 맞춰났는데."

마지막 김밥을 만들던 엄마가 난감한 표정을 지었다. 뜨끔해진 봄이는 얼른 말을 돌렸다.

"엄마가 잘못 계산했겠죠."

"그럴 리 없어. 내가 몇 번이나 확인했는데."

"사실 배고파서 제가 몇 개 먹었어요. 죄송해요……."

"그래? 배고프면 그렇다고 말하지. 얼른 줄게."

"아니에요. 천천히 해 주셔도 돼요."

봄이는 애써 미소를 지으며 방으로 들어갔다. 방문을 닫자마자 방음 마법을 사용했다.

"Secret(시크릿)!"

봄이는 룡룡이를 찾았다.

"룡룡아! 그렇게 나오면 어떡해! 탈은 안 났어? 벌레만 먹을 것 같이 생겼는데 아무거나 다 잘 먹는단 말이지. 탈도 안나."

룡룡이는 봄이를 바라보며 씨익 웃었다.

"제발 조심해라. 네가 그럴 때마다 내 수명이 단축되는 것 같다고."

룡룡이에게 으름장을 놓고 주방으로 갔다.

"평소에는 안 그러더니 오늘은 왜 재료를 먹었을까?"

엄마가 방에서 나오는 봄이를 의심스럽게 훑어보더니 다시 식사 준비를 했다.

봄이의 머릿속은 복잡했다.

하루도 거르지 않고 룡룡이가 사고를 쳤기 때문이다. 봄이는 룡룡이를 엄마에게 들킬까 봐 조마조마했다. 어떻게 보면 안 들키는게 참 신기하단 말이야.

이런저런 생각을 하며 집에 들어선 봄이는 이상함을 느꼈다.

'이상하네. 집이 이렇게 조용할 리가 없는데.'

"봄이 왔니?"

평소와 같은 목소리였지만 봄이는 그 말에서 엄마의 분노를 읽었다.

"오늘 무슨 일이 있었는지 알아? 너, 이 도마뱀은 어떻게 된 거야? 학교에 맡겨졌다며?!"

여름이

봄이 엄마는 심란했다.

봄이 아빠는 자주 삐지는 편인데, 최근 엄마가 결혼기념일을 잊는 바람에 단단히 삐져버렸다. 더구나 엄마가 결혼반지를 잃어버렸다는 말에 더욱 뿔이 나 있었다.

"반지를 도대체 어디 두었더라. 분명 이쯤 어딘가에 있었는데……."

엄마는 난감한 표정으로 반지를 열심히 찾았다. 그때 서랍장 아래에서 무언가 움직였다. 그것이 서랍 밖으로 나왔을 때 엄마는 비명을 지를 수밖에 없었다.

"으악! 이게 뭐야? 이봄!"

봄이에게 거짓말은 안 된다고 그렇게 이야기했는데, 거짓말을 하다니. 엄마는 단단히 화가 났다.

그런데 그 동물이 무언가 반짝이는 것을 물고 있었다.

"이게 뭐지?"

그 동물은 엄마를 쳐다보더니 입에 물고 있던 것을 엄마 손에 떨어뜨렸다.

"이건…… 결혼반지?"

롱롱이가 잃어버린 결혼반지를 찾아 준 것이다. 엄마는 고맙기도 했지만 봄이에게 화가 났다. 봄이는 엄마에게 애원했다.

"엄마~ 그래도 롱롱이가 반지 찾아 줬잖아요. 한 번만 봐 주세요, 네?"

"먼저 약속을 안 지킨 건 너잖아. 거짓말 안 하기로 해놓고. 그리고 내가 얼마나 놀랐는지 알아??"

"그래도 이번에는 내가 밥 주고, 똥도 치우고 다 했잖아요"

"아이고, 그러세요? 그럼 여름이 때는 왜 안 했니?? 안 돼! 이미 난 맘 상했어."

엄마는 쐐기를 박듯이 여름이에게도 물었다.

"여름아, 너도 그렇지??"

"애오오옹"

여름이도 엄마의 말에 동의한다는 듯이 길게 울었다.

여름이는 2년 전 여름 봄이가 귀엽다며 집 앞 놀이터에서
데려온 고양이다.

놀이터에는 고양이가 여러 마리 있었는데 봄이는 그 고양
이들을 눈여겨보았다. 용돈을 모아서 먹이도 먹이고, 츄르도
사주면서 고양이들을 돌봤다. 그런데 고양이 중 한 마리가
다른 고양이들에게 치이는 것 같았다. 봄이는 그 고양이가
자꾸 마음에 걸렸다.

봄이는 엄마에게 허락도 받지 않고 집에 데려왔다. 동물을
좋아하지 않는 엄마는 화를 내며 고양이를 내쫓으려고 했다.
봄이는 엄마에게 고양이를 잘 돌보겠다고 정말 사정 사정을
했다.

"엄마~ 나 진짜 잘 할 수 있다니까. 내가 밥 주고, 씻기고
다 할게요. 응? 제발~"

"싫어. 너 그 약속 지킬 수 있어?? 나는 네가 그 약속 한
달이라도 지킬 수 있을지 모르겠다."

"아냐, 나 진짜 잘할 수 있어. 나 예전부터 동물 키우고 싶
어 했잖아."

엄마는 봄이를 흘겨보았다.

"너 진짜 그 약속 지킬 수 있는 거야?"

다행이다. 엄마가 반쯤 승낙했다. 이 분위기 그대로 가면

고양이를 키우는 걸 허락받을 수 있을 것 같다. 엄마의 마음
이 약해서 정말 다행이다. 봄이는 최대한 웃으면서 대답했다.

"아이, 진짜 지킬 수 있지!"

"그럼, 생각해볼게."

"알겠어! 나 진짜 잘할게!!"

"나 아직 허락 안 했거든."

"그래도 히히. 엄마, 사랑해요!!"

봄이는 엄마의 목에 매달려 엄마 얼굴에 뽀뽀를 마구 해댔
다.

"어우, 징그러워. 저리 가. 아직 허락한 거 아니라고."

"아, 알지 알지!. 엄마. 너무 사랑해요."

엄마의 임시 허락이 떨어지자 봄이는 엄마의 허락을 받으
려 노력했다.

"엄마아."

"어우, 징그럽게 왜?"

"뭐, 도울 거 없어요?"

"시키면 하려고??"

"당근이죠."

"그럼……."

봄이는 고양이를 키우기 위해 설거지, 빨래, 청소, 분리수거 등 모두 엄마가 시키기도 전에 다 했고, 성적을 잘 받으면 좀 더 쉽게 허락받을 수 있을까 해서 공부도 열심히 했다.

"엄마! 나 성적 진짜 많이 올랐어!!"

"그래서?"

엄마는 아무것도 모르겠다는 듯이 시치미를 떼었다. 봄이는 엄마 옆에 앉아서 팔짱을 끼며 말했다.

"뭐, 이 정도 성적이면 고양이를 키우는 걸 허락해준다거나……."

엄마는 봄이를 바라보았다. 그러더니 깊이 고민한 듯 말했다.

"그래, 요즘 집안일도 많이 도와줬고, 성적도 많이 오른 걸 보니 노력 많이 했겠네. 앞으로도 열심히 할 거지?"

봄이는 기뻐서 어쩔 줄 몰랐다.

"당연하지!! 엄마 진짜 고마워요!!!"

"너 그때 엄마가 허락하고 나니까 진짜 딱 한 달만 돌보고 시험공부 해야 한다, 뭐 해야 한다고 하면서 여름이 돌보는 거 계속 미뤘잖아."

엄마의 말을 듣고 보니 봄이는 여름이에게 미안한 마음이 들었다. 봄이는 여름이를 꽉 껴안았다.

"여름아~ 이 언니가 미안해. 앞으로 너도 잘 챙겨줄게, 너는 룽룽이랑 같이 사는 거 허락해 줄 거지?"

여름이는 봄이에게 삐졌는지 아예 봄이에게서 등을 돌리고 앉았다.

사실 룽룽이를 데리고 왔을 때부터 모든 것을 지켜본 여름이는 봄이에게 내심 서운했다. 자신을 예뻐라 하며 데리고 왔을 때는 언제고 금세 관심이 식었다. 그런데 이제는 저 파충류에게 모든 애정을 쏟고 있으니 말이다.

여름이가 대답했다.

"애옹."

엄마가 여름이의 생각을 눈치챈 듯 웃으며 말했다.

"어머, 어쩌니? 여름이도 싫다는데?"

"아아, 여름아~"

그림자

체육 시간이 되었다.

봄이는 체육을 잘한다. 남자아이들과 달리기 시합을 해도 1, 2등을 다툴 정도로 빠르다.

오늘 체육 시간에는 100m 달리기를 한다. 달리기를 좋아하는 봄이는 자신의 차례가 오기를 기다렸다. 봄이의 달리기 속도가 빠르다는 걸 아는 아이들도 봄이의 기록을 기대했다.

탕!!!

체육 선생님의 마법 지팡이에서 불꽃이 튀었다. 봄이는 신호에 맞춰 전속력으로 뛰었다.

7초…. 8초….

점점 결승선에 다다르자 아이들의 환호성이 커졌다.

"우와!!!"

"세계 신기록 찍는 거 아니야??"

"봄아!! 잘한다!!"

그때였다.

잘 뛰던 봄이가 갑자기 무언가에 걸린 듯 중심을 잃고 넘어졌다.

쿠당탕탕!!

"봄아, 괜찮아? 다친 데는 없어?"

아이들이 봄이에게 모여들었다. 걱정하는 아이들 틈에서 엘나르가 씨익 웃으며 사라졌다.

'뭐에 걸린 거지? 뭐 걸릴 만한 게 없는데······.'

주변을 둘러보았지만, 아무것도 없었다.

"나 괜찮아. 아무렇지 않아."

"그래도 보건실에 가보자."

"이 정도로 무슨 보건실이야. 괜찮다니까."

"아니야. 그래도 치료를 잘해야 빨리 낫지. 얼른 보건실로 가자."

아이들의 등쌀에 못이긴 봄이는 보건실에 갔다.

"봄아. 너 어디서 이렇게 다쳤어? 상처가 꽤 깊은데?"

보건 선생님의 말씀에 재혁이가 말했다.

"거봐, 보건실에 오기를 잘했다니까."

"이 정도는 괜찮아. 선생님, 저 그냥 달리기하다가 넘어졌어요. ㅋㅋ"

보건 선생님은 봄이의 무릎에 마법 지팡이를 살짝 갖다 대고 치유 마법을 사용했다.

"Heal(치유)."

치유 마법을 사용하자 봄이의 무릎이 금세 괜찮아졌다.

"역시 선생님 마법은 볼 때마다 신기하다니까요. 힐 마법을 세계에서 가장 잘 사용하시는 분은 선생님이실 거예요. 감사해요!"

봄이는 선생님에게 윙크하며 손으로 하트를 만들어 날리고 교실로 돌아갔다.

보건 선생님은 봄이의 뒷모습을 보며 씩 웃었다.

"하하, 역시 명랑한 봄이를 보면 나도 기분이 좋아진다니까."

보건 선생님은 주머니에 손을 넣으며 자리에 앉았다.

"근데 이상하네. 이런 마법을 쓰는 애가 있었나? 우리 학교에서 처음 보는 마법인데?"

봄이의 발목에 마법 흔적이 있었다. 그런데 그 마법은 지금껏 보지 못했던 마법이었다. 좋은 느낌은 아니었지만 미미한 힘이라 크게 위험한 것 같지는 않았다.

그래도 불안했던 보건 선생님은 치유의 마법서를 펼쳤다.

"보건 준비하며 봤던 건데, 오랜만에 펼쳐보네."

치유의 마법서를 읽던 선생님은 봄이의 발목에서 본 것과 비슷한 마법을 찾았다.

"이런 마법을 사용하는 사람이 있다고??"

보건 선생님의 표정이 꽤 심각해 보였다.

지연의 안식처

봄이는 교실에 올라가다 학교에 있는 거대한 도서관을 보았다.

"오랜만에 책이나 읽을까."

봄이는 고개를 저으며 다시 교실로 올라갔다.

"에이, 뭔 재미없게 책이냐. 친구들이랑 놀아야지~."

그 시간.

도서관에는 지연이가 있었다.

도서관은 시끄러운 교실에서 벗어나 조용히 있을 수 있는 지연이의 도피처였다. 예전보다 아이들과 잘 지내고 있지만 아직은 혼자 있는 시간이 더 많이 필요한 지연이다.

지연이는 도서관에 있는 책은 거의 다 읽었다. 이제는 도서관에서 안 읽은 책을 찾는 게 빠를 정도다. 그중 관심 분야의 책은 수없이 읽어 내용을 외울 지경이다.

그래도 지연이는 도서관의 냄새가 좋았다. 책 냄새가 좋았다.

으흠.

지연이는 숨을 크게 들이쉬며 책의 냄새를 맡았다. 역시 책 냄새는 언제 맡아도 좋다.

읽을 만한 책은 없었지만 다른 아이들이 책을 읽고 있는데 멀뚱히 앉아있기 무안했다. 도서관을 두리번거리던 지연이는 도서관 구석에 오래된 책들이 잔뜩 쌓여 있는 것을 보았다. 지연이는 그 책들을 찬찬히 살펴보았다. 물론 대부분은 지연이가 다 읽었던 책들이다.

그중 처음 보는 낡고 두꺼운 책 하나를 발견했다. 책 표지에는 '폐기 도서'라고 쓰여 있었다. 이런 책이 있었나, 지연이는 그 책을 가지고 자리에 앉았다.

지연이가 책에 쌓인 먼지를 털어내자 먼지들이 종알거리면서 공중으로 날아올랐다. 지연이는 먼지들이 다른 아이들의 코에 매달려 장난을 칠까 봐 살짝 긴장했다. 다행히 먼지들은 종알거리면서 도서관 밖으로 나갔다. 먼지들이 다 날아서 밖으로 나가는 것을 보고 지연이는 표지를 찬찬히 살폈다.

"The appearance of legendary animals..?"
평소 동물에 관심이 있는 편은 아니었지만 재밌어 보였다. 처음 본 책이라 관심을 끌었는지도 모르겠다.

아주 낡은 책이었다. 첫 페이지부터 낙서가 있고 여기저기 구멍이 나 있었다.
아멜리아를 처음 발견했을 때도 비슷했는데?
이 책도 아멜리아 책만큼 낡아 보였다. 새삼 아멜리아 책을 처음 봤을 때가 떠올랐다.
그때 아름이의 죽음을 파헤치겠다고 도서관의 책을 몽땅 다 읽었지. 그러다 우연히 아멜리아 책을 발견하고 보석의 비밀을 알게 되었어.
이 책도 왠지 아멜리아 책과 관련이 있을 것 같은 느낌이 들었다.

한 페이지 한 페이지 꼼꼼히 읽었다. 페이지마다 신기한 동물이 많았다. 아멜리아 주변에서 가끔 보는 동물들도 있었고, 지금은 볼 수 없는, 수업 시간에 선생님들이 이야기했던 동물들도 있었다. 과거 마법 시대에는 흔했지만, 지금은 거의 멸종했고 그나마 옛날이야기에나 살아서 움직이는 동물들이었다.

만나면 행운을 가져다준다는 뿔이 달린 말처럼 생긴 유니콘이나, 길이를 조절할 수 있는 꼬리로 물건 잡기에 특화되어있는 핸드몽키도 있었다. 그뿐 아니라 높이뛰기에 특화된 토끼 귀가 달린 개구리, 털이 찍찍이 같은 재질로 동그란 몸매를 자랑하는 동구루미도 있었다.

"이 녀석은 학교 주변에서 가끔 보던 동물인데? 사슴 같은 몸통에 여우 같은 얼굴을 가진 이 녀석의 이름이 검은 갈기 늑대였구나."

다음 페이지를 넘긴 지연이는 웃음을 터뜨렸다.

"풉! 이건 봄이 닮았다."

아는 동물들이 있으니 재미를 느껴 단숨에 끝까지 다 읽었다.

마지막 페이지에 지연이의 눈길을 끄는 동물이 있었다. 처음 보는 동물이었는데 이름 부분이 찢겨 있었다.

"Sa…… 이름이 찢겨 있네. 이건 뭐지…?"

도마뱀인 것 같기도 하고 도룡뇽 같기도 했다. 온몸이 붉은색 비늘로 덮여있고 몸에 불을 두르고 있었다. 서양의 드래곤처럼 생겼지만 드래곤과 다르게 날개가 없었다.

이 동물은 불을 자유자재로 다루며, 자신의 충성을 맹세한 이에게는 목숨도 걸 만큼 충성심이 뛰어나다. 죽음을 감지하면 각성하게 되는데, 이때는 모든 몸의 비늘을 뾰족하게 세워서 온몸을 거대한 불덩어리처럼 만든다. 스스로 끄지 않는 한, 이 불덩어리를 끄는 것은 거의 불가능하다. 그뿐 아니라 또 다른 전설의 동물들을 이끄는 힘을 갖고 있다.

전설의 동물에 관한 설명이 너무 간단해서 아쉬웠다. 지연이는 전설의 동물들에 대해서 더 알고 싶었다.

"이 책, 제가 가져가도 되나요?"
도서관을 지키는 요정은 폐기된 도서라 가져가도 좋다고 했다.
지연이는 생물 담당 선생님에게 갔다.

똑똑 똑
지연이는 교무실에 갔다. 그런데 생물 선생님이 없었다.
"저…. 혹시 생물 선생님 안 계세요?"
"아, 생물 선생님 장기 출장 가셨어. 뭐라더라……. 영국에 있는 말하는 식물을 만나러 가신다고 하셨나? 이해를 못 하겠어~."
"아…. 감사합니다."
아쉽지만 어쩔 수 없었다. 지연이는 다시 교실로 돌아갔다. 다른 친구들에게 이 책에 관해 물어봐야겠다고 생각했다.

며칠 뒤, 사총사가 모였다. 지연이는 소중히 책을 품고 갔다.

"잘 지내고 있었어?"

"난 이제 변신 마법을 꽤 잘 사용해. 보석을 갖고 있을 때
만큼 잘하지는 못하지만 그래도 한번 볼래?"

"오, 봄아. 꼭 개구리 같아 보여."

"그러게. 개구리 같다."

"어? 나 개구리로 변신한 거 아닌데?"

"영락없는 개구리 같은데?"

"아, 이번 변신도 실패가?"

신나게 이야기를 나누고 있을 때 지연이가 조심스럽게 책
을 꺼냈다.

"……저, 얘들아. 이거 한번 볼래?"

"지연아, 그 읽기 싫어지는 두꺼운 책은 뭐야? 책도 되게
낡았네."

"그러게. 역시 지연이는 대단하다. 이런 책도 읽고."

봄이가 말하자 옆에서 민규가 거들었다.

"이거 전설의 동물에 관한 책이래. 꼭 아멜리아 책을 읽는
것 같았어."

"그 아멜리아 책?"

"응."

"오랜만에 듣는 이름이다."

"그러게. 교장 선생님을 물리칠 때 읽었던 책인데."

다들 추억에 잠겼다.

그 추억을 깬 건 지연이었다.

"얘들아. 이 책에 관해 이야기해야 할 것 같은데."

"아, 그렇지. 그 책 내용이 뭐야?"

"수업 시간에 들었던 전설의 동물들에 관한 이야기야. 그 중에 처음 보는 동물이 있더라고."

지연이는 책을 펼쳐 아이들에게 보여주었다. 정말로 수업 시간에 들었던 동물들과 처음 보는 동물들이 가득 그려져 있었다. 지연이가 마법 지팡이를 살짝 갖다 대자 그 그림들이 진짜 살아 있는 것처럼 아이들 앞에 나타났다.

"수업 시간에 선생님께 들었던 동물들이네."

"그러게. 이 중 몇몇 동물은 전설로 남았다고 들었는데."

다들 신기하게 책을 보았다.

룡룡이의 정체

봄이가 갑자기 생각난 듯 말했다.

"아!! 나도 저번에 동물 한 마리 데려왔는데……. 김혜림 선생님께 여쭤봤는데 처음 보는 동물이라고 하셨어. 왠지 이 책에 있는 동물 중 하나일 것 같아. 너희 우리 집에 와서 그 동물 볼래?"

"오늘 마침 학원도 없는데 잘 됐다! 가자!"

"야!! 이현우! 너한테 안 물어봤거든!! ㅋㅋ"

사총사는 봄이네 집으로 향했다.

"다녀왔습니다!!"

"안녕하세요~"

"그래, 봄이 왔어? 너희도 왔구나~. 봄이 방에 가 있으렴."

"그래서 그 동물은 어디……."

"아, 여름이는 거실에 있어 얼른 들어가자^^"

봄이는 현우의 입을 틀어막으며 방으로 데려갔다.

방에 들어서자 봄이가 현우를 노려보며 작은 목소리로 말했다.

"야, 엄마 몰래 키우는 거야. 조용히 하라고. 안 그래도 저번에 한 번 걸려서 혼났단 말이야."

봄이의 성격을 아는 민규와 지연이는 입을 막았다. 그러나 현우는 느긋하게 웃으며 말했다.

"아, 알았어! ㅋㅋ 그래서 그 동물은 어디 있는데?"

봄이는 침대로 가더니 이불을 뒤적거렸다. 그러더니 이불 속에 숨어있던 룡룡이를 꺼내 안았다.

"보고 싶었어. 룡룡아~"

룡룡이도 끙끙거리는 소리를 내더니 봄이에게 볼을 비볐다. 룡룡이와 볼을 비빈 봄이의 볼이 발갛게 달아올랐다.

"얘랑 볼을 비비면 항상 볼이 뜨거워진다니까."

지연이는 룡룡이를 유심히 보았다. 어디선가 본 듯했다.

'아까 책에서 본 건가…'

지연이는 하나하나 기억을 되짚어보았다.

'유니콘…. 원숭이…. 개구리…. 도마뱀…?!'

"볼 빨개지는 게 꼭 우리 봄이가 부끄러워할 때 모습 같은
데?ㅋㅋ"
"아니, 애는 뭐라는 거야. 정말."
봄이는 볼이 빨개지며 얼굴을 돌렸다.
"봐, 맞잖아. 크크크 하여튼 귀엽다니까."
옆에 있던 지연이와 민규는 두 사람을 이해하지 못하겠다
는 표정으로 서로의 얼굴을 쳐다보고 고개를 절레절레 저었
다.

지연이는 다시 룡룡이를 보았다.
붉은 비늘, 도마뱀과 도룡뇽 같이 생긴 외형.
아까 봤던 마지막 페이지에 있던 동물과 닮았다. 하지만
그 동물은 훨씬 사납게 생겼고 엄청 거대했다. 그에 비해 룡
룡이는 너무 작고 귀여웠다. 게다가 룡룡이는 그 동물처럼
몸에 불을 두르고 있지도 않았다.

"지연아, 책에서 애랑 닮은 동물 본 적 있어?"
봄이가 물었다.

지연이는 한참 생각했다.

"음……. 아니."

지연이는 신중한 성격이었다. 닮은 동물은 얼마든지 있을 수 있다. 이 정도 닮은 것으로 똑같은 동물이라고 말할 수 없었다. 좀 더 살펴봐야 할 것 같았다.

"……그렇구나."

봄이의 목소리에 실망한 기색이 묻어났다.

봄이의 마음을 알았는지 룡룡이가 봄이의 얼굴에 자신의 볼을 비볐다. 봄이는 룡룡이를 보고 미소를 지었다.

"그래. 네가 누구든 무슨 상관이야? 나랑 이렇게 잘 통하는데……."

봄이와 친구들은 룡룡이와 즐겁게 놀았다.

그날 밤 봄이는 침대에 누워 달빛에 비친 잠든 룡룡이를 바라보았다. 룡룡이의 얼굴에 달빛이 반짝였다.

'너는 무슨 동물일까?'

봄이는 생각에 잠겼다. 봄이가 잠들자 자고 있던 룡룡이가 봄이의 품에 파고들었다.

외면의 의미

다음날 아멜리아에서는 축제 준비가 한창이었다.

아멜리아는 마법 학교이기에 일반 학교와 다를 것 같지만 이 세상 청소년들은 다 비슷하다. 아멜리아의 학생들도 마찬가지였다. 춤추는 것도, 노래하는 것도 좋아하는 아이들이 많아 춤과 노래는 빠질 수 없었다. 하늘에는 전령들이 여기저기 분주하게 오가며 축제를 어떻게 할 건지 의논했다. 아멜리아 안의 나무들은 원래 꽃 피는 계절과 관계없이 꽃을 피웠다. 봄에 피는 벚꽃, 개나리, 진달래, 여름에 피는 헬레니움, 백합, 비비추, 가을에 피는 국화, 코스모스, 투구꽃은 물론 겨울에 피는 동백, 베고니아, 시클라멘 등 사계절의 꽃이 만발인 아멜리아의 풍경은 가히 장관이었다. 이런 모습을 보면 오히려 마법 학교의 축제가 일반 학교보다 더 시끌벅적할지도 모른다.

소심하고 조용한 엘나르는 이런 시끌벅적한 분위기에 적응하지 못했다.

"아, 시끄러워"

엘나르는 귀를 막으며 조용한 곳을 찾으려고 밖으로 나갔다. 길을 걷다 보니 자기도 모르게 소리 지르는 나무 앞에 서 있었다.

우와와아아아아아~~

엘나르는 그 나무가 하는 소리를 알아들을 수 있을 것 같았다.

엘나르는 나무의 말을 듣고 홀린 듯이 어디론가 향했다. 한참을 걷던 엘나르의 앞에 몽환적인 분위기의 숲이 펼쳐졌다.

마법 수업 때문에 그 숲에 몇 번 들어간 적이 있었지만 지금 보는 숲은 처음 보는 곳이었다. 하지만 낯설지 않았다. 엘나르는 그 숲이 익숙한 듯 나무와 꽃을 쓰다듬고, 숲속을 걸었다. 무언가에 홀린 듯 한참 걸었다.

정신을 차리자 엘나르 앞에 빛나는 꽃이 핀 거대한 나무가 있었다. 엘나르는 붉은색, 푸른색 등으로 변하는 꽃잎을 한참 동안 바라보았다. 그때 꽃잎들이 떨어지더니 엘나르를 포근하게 감싸주었다. 엘나르가 손바닥을 펼치니 꽃들이 엘나르 손 위에 모였다. 꽃잎에 코를 갖다 댔다.

흐음.

숨을 크게 들이쉬었다. 콧속으로 꽃향기가 들어왔다. 꽃향기를 맡자 기분이 좋아지고 마음이 평온해졌다.

왠지 이 숲에 있으니 마음이 편안해졌다. 엘나르는 나무 아래에 앉아 고개를 들었다. 꽃들이 내는 빛에 눈이 부셨다. 엘나르는 눈을 감았다.

슈우우웅 퍼엉!!

어디선가 시끄러운 소리가 들렸다.

'언제 잠들었지?'

엘나르 앞에 환영이 보였다.

"보석들이 왜 너희들을 돕는 거지? 보석의 주인은 나라고!"

"보석은 우리가 갖고 있거든요!"

"보석도 교장 선생님을 용서하지 못하겠나 봐요."

무슨 일이지? 그런데…… 저 사람은?

헉, 엘나르는 두 손으로 입을 막았다.

아이들의 반대쪽에 있는 사람은 엘나르의 아빠였다.

엘나르는 자신이 어디서 어떻게 태어났는지 잘 모른다. 그냥 어느 날 문득 자신이 생겼다고밖에 말할 수 없다. 엘나르는 자신과 관련된 것을 거의 기억하지 못했다. 아빠에 대해서도 기억이 흐릿했다. 하지만 이상하리만치 아빠의 얼굴은 또렷하게 기억했다.

그 아빠가 저기 숲의 언덕에 있었다.

"아빠……."

그리운 아빠의 얼굴이 보이자 반가운 마음이 들었다. 엘나르는 언덕으로 달려갔다. 그러나 엘나르의 눈에 보이는 것은 환영이었을 뿐 아빠는 잡히지 않았다. 엘나르는 멍하니 환영을 보았다.

아빠와 네 명의 아이들이 싸우고 있었다. 그 아이들 틈에 봄이도 있었다. 봄이와 다른 아이들이 아빠에게 마법을 사용해서 공격했다. 그 공격 때문에 아빠가 죽어가고 있었다.

"아, 안 돼! 아빠!!!"

엘나르는 아빠를 죽인 아이들에게 소리도 치고, 마법도 사용해 보았지만, 그 아이들을 맞힐 수도 시선을 돌릴 수도 없었다. 엘나르가 사용한 마법은 엉뚱한 곳으로 향했을 뿐이다. 엘나르의 얼굴은 눈물로 범벅이 되었다. 그때였다. 갑자기 큰 빛이 번쩍하더니 아빠가 연기처럼 사라져버렸다.

"아빠!!"

엘나르는 연기처럼 흩어져 사라지는 아빠를 향해 손을 뻗었다. 그래도 아빠가 사라지는 것을 막을 수 없었다. 눈앞에서 아빠가 사라져버렸지만, 아무것도 할 수 없었다. 엘나르는 자신의 무력함에 눈물을 흘렸다.

헉!!

꿈이었다. 꿈이지만 실제처럼 생생했다.

엘나르의 얼굴은 눈물로 범벅이 되어 있었다. 엘나르는 눈물을 닦았다.

자신이 꾼 꿈이 무엇을 의미하는지 곰곰이 생각했다. 이것은 단순한 꿈일까, 아니면 아빠가 나에게 하고 싶은 말을 보여준 걸까?

엘나르는 똑똑한 아이였다. 곧 그 환상이 의미하는 것을 깨달았다.

엘나르는 두 주먹을 꽉 쥐었다. 숲 밖으로 나왔다. 처음 숲 속에 들어갈 때보다 엘나르의 발걸음은 무거웠다.

숲에서 빠져나온 엘나르는 굳은 표정으로 소리 지르는 나무에 손을 댔다. 소리 지르는 나무의 주변에 검은 결계가 생겼다.

이 정도면 이곳이 다른 이의 눈에 띄지는 않을 거다.

계속 밖에 있을 수는 없었다. 축제 준비 중이라 학교가 시끄럽기는 했지만, 다시 교실로 돌아가기로 했다. 엘나르는 순간 이동 마법을 사용해 교실로 이동했다.

"우와! 깜짝이야!!"

재윤이가 자기 앞에 나타난 엘나르를 보고 깜짝 놀라 소리를 질렀다. 다른 아이들이 소리가 난 곳을 쳐다보았다. 아까는 없었던 엘나르가 그곳에 있었다. 아이들은 엘나르를 둘러 쌌다.

"우와 엘나르야. 너 순간 이동 마법도 쓸 줄 알아?"

"역시, 멋지다."

"나도 알려줘!!"

"어…… 어."

엘나르는 아이들의 시선이 자신에게 몰리자 어쩔 줄 몰랐다.

그때 봄이가 큰 소리로 아이들을 모았다.

"애들아! 춤 연습해야지!!"

봄이가 엘나르의 손을 잡았다.

"엘나르야, 어디 갔었어~ 같이 춤 연습하자!"

그 순간 엘나르의 표정이 험악하게 변했다. 엘나르는 봄이의 손을 뿌리치고 교실에서 나갔다.

"너 엘나르에게 뭐라고 했는데 엘나르가 저렇게 화났어?"

아이들이 이상한 표정으로 봄이를 쳐다보았다. 하지만 당황스러운 건 봄이도 마찬가지였다.

"……? 뭐지? 정말 내가 쟤한테 뭘 잘못했나?"

당황스러운 것은 엘나르도 마찬가지였다. 자신도 모르게 봄이의 손을 뿌리치고 교실을 나갔지만 엘나르도 자신이 왜 그랬는지 이해할 수 없었다. 이상하게 봄이를 처음 봤을 때부터 화가 났다. 처음 보는 아이인데도 봄이에게 자꾸 화가 나는 자기 마음을 엘나르 자신도 이해할 수 없었다.

"내가 쟤한테 자꾸 왜 이러지……."
아까 숲에서 꾸었던 꿈이 떠올랐다. 엘나르는 갑자기 머리
가 아프고 분노가 들끓었다. 아까 아빠를 죽게 했던 아이들
중 봄이가 있었던 것이 생각났다. 아마 봄이를 보면 화가 나
는 이유가 이것 때문이 아닐까.

엘나르는 자신이 어디서, 어떻게 자랐는지 몰랐다. 엘나르
가 기억하는 자신의 시작은 지금과 같은 모습이었다. 그리고
자신의 이름이 엘나르라는 것뿐이었다. 자신의 몸속에 마법
의 기운이 감돌았지만, 그것을 어떻게 사용해야 하는지도 몰
랐다. 그러나 시간이 지나면서 엘나르는 마법의 힘을 조금씩
조절할 수 있었다.
아무것도 기억하지 못했지만 엘나르는 자신의 마법의 근원
이 아빠라는 것만은 알았다. 엘나르의 몸속 어딘가에서 계속
외치고 있었다. 아빠의 원한을 기억하라고.

혹시.
아빠의 원한. 아빠의 원한이 바로 이봄이었던 것은 아닐까.

처음 보는 힘

마법의 힘을 잘 사용하게 된 엘나르는 아멜리아라는 한국 유일한 마법 학교가 있다는 이야기를 들었다. 엘나르는 이상하게 그 학교에 꼭 다니고 싶었다. 그 학교에 입학해야겠다고 결심했다.

"이름이…… 엘……나르? 특이하네. 어떤 마법 능력이 있는지 보여주세요."

"ㄴ……네"

긴장되었다. 그래도 불안하지는 않았다.

이유는 모르겠지만 이 학교에 다닐 거라는 강한 예감이 들었다.

엘나르는 눈을 감고 집중했다.

엘나르 주변에 검은 기운이 모였다.

"오······."

시험관인 체육 선생님이 감탄했다.

교장이 사라지면서 흑마법을 사용하는 사람들도 거의 사라졌기에 체육 선생님은 엘나르의 능력이 신기하게 느껴졌다.

검은 구체가 꽤 커졌다. 엘나르는 자신의 앞에 만들어진 검은 구체를 시험장의 벽으로 방출했다.

쾅!!

엘나르가 만든 검은 구체가 충돌하자 벽에 큰 구멍이 생겼다.

체육 선생님은 벽의 구멍을 보고 입을 다물지 못했다. 그가 아는 한, 이런 마법 능력을 갖춘 학생은 처음이었다. 체육 선생님은 벽이 원래대로 돌아오기를 기다렸지만 엘나르의 마법으로 구멍이 난 벽은 원래대로 돌아오지 못했다.

아멜리아는 건물도 마법의 힘을 갖고 있다. 그래서 아이들이 마법의 힘을 사용하다가 잘못 사용해서 건물이 손상되면 건물이 스스로 회복되었다. 아직 마법의 힘이 서툰 학생들이었기에 학교가 자주 손상되었고, 아멜리아는 그때마다 별일 아닌 듯 빠른 속도로 자가 회복했다.

하지만 엘나르의 마법은 좀 달랐다.

고작 테스트하느라 생긴 구멍이었지만 오랫동안 치유되지 못했다. 학교의 벽은 한참 동안 끙끙거렸다. 한참 뒤에야 조금씩 구멍이 치유되었다. 그 구멍을 멍하니 보던 체육 선생님은 퍼뜩 정신이 들었다. 체육 선생님은 엘나르에게 말했다.

"내일부터 학교에 나오세요. 합격입니다. 교복은 자택에 배달되어 있을 겁니다."

"가…. 감사합니다."

체육 선생님은 엘나르의 능력에 감탄하며 교무실로 돌아갔다.

누군가 체육 선생님에게 말을 걸었다. 말하는 동상이었다.

"선생님? 저 방금 이상한 힘을 느꼈는데요?"

"아, 방금 전학생이 마법을 사용했어. 그런데 시험의 방에서 한 마법인데, 여기까지 느껴졌어?"

"아멜리아와 저는 연결되어 있으니까요. 그런데 선생님. 그 전학생을 입학시킬 건가요?"

"처음 보는 마법이긴 하지만 마법의 힘이 매우 강해서 잘 가르치면 멋진 마법사가 될 것 같은데?"

"흠. 저는 찬성하고 싶지 않군요. 뭔가 익숙한 느낌이 듭니다. 기분 나쁘게 익숙한 느낌이……."

그러나 체육 선생님은 수다쟁이 말하는 동상의 말에 귀 기울이지 않았다. 말하는 동상이 하는 이야기는 대부분 허풍이었기 때문이다.

엘나르가 집에 오니 교복이 자신보다 먼저 도착해 있었다. 근사한 교복이었다. 이제 이 교복을 입고 아멜리아에 다니게 될 거란 생각에 마음이 설렜다. 엘나르는 교복을 입어보았다. 교복의 소매가 엘나르 손가락 끝을 덮을 만큼 교복이 컸다.

"좀 크네……."

엘나르가 중얼거리자 엘나르에게 딱 맞게 교복이 줄어들었다. 교복조차 마법의 힘을 갖고 있다니. 이게 바로 마법 학교라는 생각에 신기했다. 엘나르는 교복을 걸어놓고 들뜬 마음으로 잠들었다.

다음날 엘나르는 아멜리아에 등교했다.

담임 선생님은 영어 선생님이었다.

"오, 반가워. 네가 그 아이구나? 어제 시험장에서 있었던 이야기는 들었어."

엘나르는 얼굴이 붉어졌다.

"학교 소개는 필요 없어?"

"아. 하하. 네, 괜찮아요."

선생님이 학교 소개를 하지 않아도 엘나르는 오랫동안 아멜리아에 다닌 것처럼 아멜리아가 익숙하게 느껴졌다. 어느덧 교실에 도착했다.

"밖에서 잠깐 기다려."

선생님은 엘나르를 교실 앞에서 기다리게 했다. 교실 안에서 아이들의 시끌시끌한 소리가 들렸다. 엘나르는 저 아이들과 함께 학교생활을 한다는 생각에 두근거렸다. 선생님이 자신을 소개하는 듯했다. 선생님이 엘나르에게 손짓했다.

엘나르가 교실로 들어서자 많은 아이가 자신을 쳐다보았다. 아이들의 시선이 집중되자 엘나르는 긴장으로 온몸이 굳어버렸다. 얼어 있는 엘나르를 보고 선생님이 귓속말로 편한 마음으로 인사하면 된다고 했다. 하지만 엘나르는 도저히 입이 떨어지지 않았다. 어떻게 자기소개했는지도 기억나지 않았다. 정신을 차리자 선생님이 자리를 안내해주었다.

선생님이 안내해준 자리로 향하는데 한 여자아이와 눈이 마주쳤다. 처음 보는 아이였지만 그 아이를 보는 순간 엘나르는 원인 모를 분노가 느껴졌다.

저 아이와는 절대 친해지고 싶지 않아. 저 아이를 가만히
두지 않겠어.

왜 그런 생각이 들었는지는 모르겠지만 마음속 깊은 곳에
서 그런 생각이 들었다.

쉬는 시간이 되었다.
이유는 모르겠지만 아이들이 엘나르를 둘러쌌다.
'왜 모였지?'
아직 아이들과 어색한 엘나르는 자리를 피하고 싶었다.

때마침 선생님이 들어왔다.
"애들아. 오늘은 마법 실습을 할 거야. 그런데……."
선생님은 눈으로 누군가를 찾았다. 엘나르와 눈이 마주치
자 선생님이 말했다.
"네가 전학생이구나? 네 마법 능력이 어느 정도인지 알아
야 하니까 제일 자신 있는 마법을 보여줄래?"
아이들의 시선이 엘나르에게 집중되었다. 다들 은근히 기

대하는 눈치였다. 엘나르는 시선이 부담스러웠지만, 교실 앞
쪽으로 나갔다.

엘나르는 제일 자신 있는 검은 구체 마법을 사용하기로 했
다. 시험장에서 사용했던 마법이기도 했다.
시험을 볼 때와 마찬가지로 눈을 감고 집중하기 시작했다.
엘나르의 주위에 검은 기운이 모였다. 엘나르의 교복 프릴이
흔들리더니 갑자기 마구 펄럭이기 시작했다. 아이들도, 선생
님도 처음 보는 마법이었다.

모든 사람이 숨죽이고 엘나르의 마법에 집중했다. 엘나르
의 마법 지팡이 끝에 생긴 구체가 서서히 커졌다. 검은 구체
가 주먹만 해졌다.
크기는 더 커지지 않았지만 검은 구체의 안에 마법의 힘이
가득 차기 시작했다. 검은 구체는 힘을 주체하지 못하는 것
같았다. 금방이라도 폭발할 것 같았다.

"자~ 여기까지!"
선생님이 엘나르의 마법을 멈추었다. 집중하고 있던 아이
들의 입에서 탄식이 나왔다.

"아……."

"지금 재밌어지려는 참인데……."

선생님이 아이들의 말을 막았다.

"저 마법이 제대로 사용됐으면 우리는 다 죽었을지도 몰라. 엄청나네, 엘나르!"

선생님의 칭찬에 엘나르는 몸 둘 바를 몰랐다.

"대단하네. 네 마법은 처음 보는 마법이야. 역시 마법의 세계는 끝이 없구나. 조만간 마법 시험을 보겠지만, 조금만 더 연습하면 2급 마법사 정도는 가능할 것 같구나."

고대에는 마법의 능력에 급수가 없었지만, 최근에는 마법 세계도 체계화되면서 마법 능력 시험이 생겼다. 그래서 마법 능력의 급수가 생겼다. 아멜리아에 다니는 아이들은 대부분 졸업할 때쯤 매우 우수한 몇 명을 제외하고 4급 마법사 정도는 무난하게 되는 편이다. 2급 마법사는 아멜리아 선생님들도 갖기 어려운 굉장한 능력의 마법의 힘이다.

아이들은 어리둥절해하는 엘나르의 등을 두드렸다.

"2급 마법사는 엄청 힘든 건데, 너 진짜 대단하다."

"와, 나는 5급 마법사도 힘들던데……. 너 나중에 마법부에서 큰일 하겠네. 멋지다."

"전학생 대단해!!"

아이들은 진심으로 엘나르의 능력을 칭찬해주었다.

봄이는 조금 늦게 들어와서 엘나르의 마법을 보지 못했다. 그런데 아이들의 반응을 보니 엘나르의 마법 능력이 엄청난 것 같았다.

"아, 멋진 마법을 볼 기회를 놓쳤네."

아쉬웠다.

엘나르는 마법의 힘을 많이 사용하기도 했고 아이들이 자신의 마법에 관심을 두는 것이 부담스럽기도 했다. 엘나르는 아이들의 눈을 피해 교실 뒤쪽으로 갔다. 그때 등 뒤에서 누군가가 자신을 불렀다. 뒤를 돌아봤다.

봄이라고 했던가? 그 아이가 자신을 부른 것이다. 엘나르는 이 아이와 이야기를 나누고 싶지 않았다. 엘나르는 대답하지 않고 고개를 돌려버렸다.

봄이는 부를 때마다 자신을 무시하는 엘나르를 이해할 수 없었다. 봄이 성격상 이런 일을 겪으면 바로 이유를 물어볼

텐데, 이상하게 엘나르에게는 그렇게 되지 않았다.

나중에 다른 친구들에게 그 이야기를 했을 때, 아이들은

"이봄, 성격 많이 죽었네."

하고 웃을 뿐이었다.

의심

엘나르는 그 뒤 간간이 숲속에 갔다.

숲속에 갈 때마다 엘나르는 아빠의 꿈을 꾸었다. 아빠의 꿈을 꿀수록 선명해졌다.

분명 그 아이들 틈에 봄이가 있었다. 봄이는 자신의 아빠를 죽게 만든 장본인이었다!

기억이 뚜렷해질수록 엘나르는 봄이가 증오스러웠다. 엘나르는 봄이뿐만 아니라 다른 아이들도 다 찾아내서 복수하겠다고 결심했다.

엘나르는 봄이가 눈치채지 못하게 계속 봄이를 다치게 하는 소소한 나쁜 마법을 사용했다. 실습 시간에 봄이의 마법 회로에 이상한 마법을 끼워 넣거나 물 속성 마법을 사용할 때 번개 속성 마법을 봄이에게 사용했다. 또 봄이가 길을 가고 있을 때 앞에 물웅덩이를 만들기도 하고 비둘기들을 봄이 쪽으로 날려 보내기도 했다.

이상하게 사용할 수 있는 마법이 늘어날수록 나쁜 생각이 늘어났고 나쁜 마법들을 더 교묘하게, 잘 사용할 수 있게 되었다.

영문을 모르는 봄이는 자꾸 자신에게 이상한 일이 생긴다고 생각했다.

사총사가 모여서 이야기를 나눌 때, 봄이는 요즘 자신에게 일어나는 이상한 일들을 이야기했다. 봄이의 이야기를 듣던 민규는 심각한 표정으로 조심스럽게 입을 열었다.

"봄아."

"응?"

"너 그 일이 언제부터 일어났어?"

"글쎄……. 한 이삼 주?"

"그래?"

민규는 골똘히 생각하는 듯했다.

"흠. 너희 반에 전학생 있잖아."

"아~ 엘나르. 어, 근데 왜?"

"걔가 마법의 힘이 엄청나다며?"

"그렇다고 하더라고. 그런데 이상하게 걔가 마법을 사용할 때마다 내가 거기 없어서 마법 사용하는 거 딱 한 번 봤어."

"그런데 애들이 하는 이야기가 이상하던데……."

"응? 뭐가?"

"그 엘나르인가 하는 애가 마법을 사용할 때 온몸에 검은 기운이 느껴진다고 하던데……."

"그랬던 것 같기도 하고."

"너 혹시 그 전학생이 온 다음부터 이상한 일이 많이 생긴 것 같지 않아?"

"그런가?"

역시 봄이는 둔감하다. 지연이도 거들었다.

"검은 기운이라 하면 혹시 …… 흑마법이 아닐까?"

"설마. 교장 선생님이 사라지면서 흑마법은 다 없어진 거 아니야?"

"그러게. 그때 교장 선생님도 사라졌고, 보석도 하늘에 올라가서 다 갈려서 가루로 떨어졌잖아."

"맞아."

지연이가 걱정스러운 표정으로 중얼거렸다.

"그렇긴 한데, 왜 이렇게 기분이 이상하지……?"

"어? 설마. 걔 그렇게 이상한 애 아니야. 조용하고 얌전한 아이야. 부끄러워서 축제 연습도 잘하지 못하고. 나한테 장난 치고 그럴 애 아니야."

"그래?"

"음…… 그런데 나를 좀 싫어하는 것 같긴 해."

봄이는 '흐흐'하고 웃었다. 민규는 그렇게 웃으며 넘기는 봄이가 못마땅했다.

"정말 그런 애 아닌 거 맞아?"

"그렇다니까 ㅎㅎ"

민규는 봄이가 웃어넘기려는 것인지 진심인지 믿을 수 없었다. 하지만 반이 달라 확인할 수 없었기에 봄이의 말을 믿기로 했다.

기억의 회복

엘나르는 오늘도 습관처럼 숲으로 향했다.

숲에 있으면 마음이 편안해지고 마법의 힘도 더 강해지는 것 같았다. 학교에서 아이들과 어울리면서 마법의 힘이 자꾸 약해지는 것 같았다.

모처럼 쉬는 날 숲에서 몸과 마음을 푹 쉬면서 마법의 힘도 더 강하게 키우고, 아빠에 대한 기억을 좀 더 분명하게 떠올리고 싶었다.

소리 지르는 나무 아래에서 숲의 입구를 찾았다. 마법의 힘 때문에 엘나르 자신도 숲의 입구를 찾기 쉽지 않았다.

"여기다."

엘나르는 숲으로 들어가는 입구의 틈을 찾았다. 얼핏 봤을 때는 평범한 숲의 모습이었다. 작은 틈에 마법 지팡이를 꽂아 주문을 외자 그 틈이 점점 커져 엘나르가 충분히 드나들만한 구멍이 생겼다. 엘나르가 그 공간 안으로 발을 디뎌 들어가자 다시 구멍이 작아져서 작은 틈으로 변했다.

한참을 걸으니 빛나는 꽃나무가 보였다. 엘나르는 그 아래에 털썩 앉았다.

"이 나무를 보면 이상하게 마음이 편안해져."

엘나르는 나무를 쓰다듬었다. 빛나는 꽃나무는 엘나르의 손길을 느꼈는지 꽃잎들을 더욱 밝게 빛냈다.

갑자기 빛나는 꽃나무에서 잔가지가 돋아났다. 신기한 광경에 엘나르는 넋을 놓고 그 광경을 멍하니 쳐다봤다. 가지는 엘나르를 둘러싸며 계속해서 뻗었다. 뻗은 가지에서 나뭇잎이 돋았고 가지 끝에 오색으로 빛나는 커다란 꽃봉오리가 피었다. 마치 주먹을 쥔 손 같아 보였다.

"저 꽃 안에 뭐가 들어있기에 저렇게 꼭 쥐고 있을까?"

꽃봉오리가 핀 가지가 엘나르를 찾고 있었다는 듯이 엘나르를 향해 서서히 다가왔다. 엘나르 앞에서 조심스럽게 손을 펼치듯 꽃망울을 터뜨렸다. 만개한 꽃 안에는 네 가지 빛이

동시에 나는 보석이 있었다.

"이……이게 뭐지……?"

엘나르는 빛나는 꽃나무로부터 조심스럽게 보석을 받았다. 그 보석을 받는 순간 엘나르의 머릿속에 이상한 기억들이 쏟아졌다.

이때까지 살아온 기억들, 처음 보지만 익숙한 기억이 마치 폭포처럼 쏟아졌다. 지금 머릿속에 가득한 그 생각들이 여기서 종종 꾸었던 꿈과 겹쳤다.

이건 엘나르의 기억이다. 아니, 이건 아빠의 기억이다. 아빠와 나는 동일한 존재였던가.

너무 많은 기억이 동시에 폭포처럼 쏟아져 엘나르는 의식을 잃었다.

시간이 얼마나 지났을까.

모든 기억이 다 떠오른 엘나르의 눈에서는 눈물이 하염없이 흐르고 있었다.

엘나르가 아빠라고 생각했던 엘리오트는 결국 자신의 본체였다. 엘리오트가 죽으면서 사라지는 순간, 복수를 위해 자기 몸을 쪼갰고, 그 조각 중 하나가 엘나르였다. 다른 조각은 아마 살아남지 못했을 것이다.

자신은 다행히 아빠의 마법이 지키고 있던 이 숲에 떨어졌기에 살아남았다. 국어 선생님이 아멜리아를 정화했지만 이곳은 숨은 장소였기에 다행히 정화되지 않았다.

엘리오트의 조각은 보석의 힘을 조금이라도 갖기 위해 하늘에서 떨어지던 보석 가루를 최대한 흡수해 숲속에 숨어있었다. 엘리오트의 조각은 숲이 가지고 있는 흑마법의 기운을 흡수하면서 조금씩 사람의 형체를 갖추기 시작했다. 엘리오트의 조각은 기존의 흔적을 완전히 감추기 위해 성별을 바꾸었다. 그래서 말하는 동상도 엘리오트를 알아보지 못한 것이다.

"아빠, 아니, 과거 나의 복수. 이제 꼭 하겠어."

엘나르는 교복에 있는 후드를 쓰고 학교 반대 방향으로 걸었다.

"아니, 애가 어디를 갔지?"
봄이는 선생님의 부탁으로 사라진 엘나르를 찾으러 다녔다. 봄이는 엘나르를 소리 지르는 나무 아래에서 잃어버렸다.

도대체 어디로 사라진 건지.

우와와아아아아아~~

소리 지르는 나무가 또 소리를 질렀다. 봄이는 소리 지르
는 나무를 손으로 쓰다듬었다.
'아, 이 나무……. 그때 이 나무 아래에서 처음으로 아름이
로 변했는데…….'
한참 걷다 보니 허름한 창고가 나왔다.
봄이는 조심스럽게 허름한 창고의 문을 열었다. 보석을 처
음 찾았던 그날 이후 이 허름한 창고에 처음 와보는 것이다.

보석을 찾았던 벽은 여전히 커다랗게 구멍이 뚫려 있었다.
어디서 나타났는지 먼지들이 종알거리며 봄이 주변을 둘러
쌌다. 봄이는 자신의 호주머니에 있던 작은 먼지를 꺼냈다.
작은 먼지는 잠에서 깬 듯 잠깐 머리를 흔들더니 봄이의 아
래에 모여 있는 먼지들을 발견했다. 봄이의 주머니에 있던
작은 먼지와 먼짓덩어리들이 한참 종알거리더니 작은 먼지가
그 먼지들 틈으로 사라졌다.
'그래, 거기가 원래 네 자리지.'

봄이는 잠깐 추억에 잠겼다.

그때 우리가 아름이의 죽음에 대해 알아볼 거라고 여기저기 많이 돌아다녔지. 이 창고에서 민규가 보석을 찾았을 때는 아름이의 죽음에 대해 다 알 수 있을 거로 생각했는데. 그러고 보니 참 많은 일이 있었다. 다시 교장 선생님 같은 존재를 만나면 이길 수 있을까? 이제는 보석이 없어졌으니 다시 싸우게 되면 이길 수 없겠지?

'아, 정신 차려야지. 지금은 교장 선생님도 없어졌고, 아름이도 다시 만나기로 약속했으니까.'

봄이는 다시 엘나르를 찾기 시작했다. 밖에는 없는 것 같아 다시 학교로 돌아왔다. 학교 안을 이리저리 돌아다니다 창문 밖을 보았다. 저 멀리 엘나르가 걸어가고 있었다. 굉장히 빠른 걸음이었다.

"엘나르야!!"

봄이는 큰 소리로 엘나르를 불렀다. 엘나르는 소리가 나는 쪽을 쳐다보았다. 그곳에는 봄이가 있었다.

기억을 모두 찾은 엘나르는 봄이를 향한 두 눈에 증오를 가득 담았다.

봄이는 엘나르와 눈이 마주치자 갑자기 가슴이 조여오기 시작했다. 숨이 가빠지고 시야가 흐려졌다. 그리고 이내 의식을 잃었다.

"선생님 저 화장실 좀 다녀올게요"
현우가 화장실에 가는데 저 멀리 복도 끝에 누군가 쓰러져 있었다.

누구지?

이상한 기분이 들었다.
그때 아름이를 발견했을 때도 누군가 쓰러져 있는 걸 발견하지 않았던가. 현우는 갑자기 머리가 아프고 호흡이 불규칙해졌다. 하지만 그렇다고 저 사람을 그냥 둘 수는 없다. 저 사람도 아름이처럼 누군가에게 당한 거라면 구해줘야 하지 않을까.
그때 어설픈 정의감을 가지지 말아야 했다고 후회했지만 몇 번을 다시 생각해도 현우는 그 상황이 되면 똑같이 그 사람을 구하러 갈 것이다.
지금도 마찬가지다.

현우는 두근대는 심장을 마법으로 억누르며 쓰러진 사람 곁으로 다가갔다.

!

쓰러진 사람은 봄이었다.
"봄아!!!"
빈 복도에 현우의 목소리가 가득 찼다.

메두사의 저주

봄이었다. 봄이가 쓰러져있었다.

현우의 머리가 더욱 복잡해졌다. 현우는 마법 지팡이를 흔
들었다. 마법의 가루가 봄이의 코로 들어갔다. 다행히 죽지는
않았다.

"봄아! 봄아!! 괜찮아?? 봄아 정신 차려!!"

아무리 깨워도 봄이가 깨지 않았다. 현우는 다급하게 전령
을 불렀다.

"보건 선생님께 얼른 오라고 해줘."

전령은 빠른 속도로 보건 선생님께 날아갔다.

"현우야, 봄이가 왜?"

"선생님, 봄이가 이상해요."

"어디 살펴보자. 으응? 이건 무슨 마법이지?"

보건 선생님은 마법 지팡이로 봄이의 목을 감싸고 있는 검은 뱀을 찾았다.

"지난번에는 이것보다 약한 마법이 봄이의 발목에 있었는데, 분명하게 형태가 생기다니 그때보다 훨씬 강해졌네."

보건 선생님은 혼자 중얼거리며 마법을 중얼거렸다. 다행히 봄이의 목을 감싸고 있던 검은 뱀이 스르르 풀리더니 뱀은 검은 혓바닥을 날름거리며 어디론가 사라졌다.

"으윽. 여기가 어디야?"

봄이가 정신을 차렸다. 낯선 천장이 보였다.

"봄아……."

현우가 봄이를 불렀다.

현우와 보건 선생님이 봄이에게 이것저것 물었지만 봄이는 기억하지 못했다. 자신이 그곳에서 쓰러진 이유도 기억나지 않았다. 생각하려 할수록 머리만 아플 뿐이었다.

보건 선생님이 진지한 표정으로 봄이한테 물었다.

"봄아, 너 쓰러질 때 혹시 어떻게 아팠는지 기억나?"

봄이는 한참을 생각했다.

"어……. 정확히 기억은 안 나는데 막 숨이 가빠오고 앞이 잘 안 보였어요. 눈앞이 흐려지고 몸이 굳는 거 같았어요. 아! 커다란 뱀이 저에게 입을 벌리고 잡아먹으려는 듯 덮쳤던 것 같아요."

보건 선생님은 봄이의 말을 듣고 얼굴이 굳어졌다.

"……그럴 리가 없는데……."

"네? 왜요? 선생님?"

"지난번에도 봄이가 넘어진 게 이상해서 치유의 마법서를 찾아봤거든. 그럴 리가 없을 거로 생각했는데……. 이건 메두사의 저주라는 마법이야. 전설 속에서나 들어봤지 실제로 사용하는 사람은 본 적이 없는데……. 엄청난 마법의 힘이 소모되는 거라 사용하는 사람이 거의 없는 걸로 알고 있어. 엄청나게 증오하는 대상에게 사용하는 마법인데……. 봄아, 너 혹시 누군가에게 잘못한 거 있니?"

"네? 제가요? 아..니요? 그런 적이 없을 텐데……."

봄이가 좀 강한 성격이긴 했지만 누군가가 자신을 증오할 만큼 나쁜 일을 한 기억은 없었다. 현우도 옆에서 거들었다.

"봄이가 성격이 좀 더럽긴 하지만 그래도 옳고 그른 걸 분명히 구분하는 아이라고요."

"야, 너 지금 내 편 드는 거 맞지?"

"나는 없는 말을 지어내서 하지는 못해."

"너 지금까지 날 그렇게 생각하고 사귀었냐?"

봄이는 현우의 등짝을 때렸다.

선생님이 두 사람을 떼놓으며 말했다.

"보건실에서 사랑싸움은 하지 말아줄래?"

보건 선생님의 말씀에 봄이와 현우는 씨익 웃었다.

"어쨌든 봄아. 넌 내일 학교 오지 말고 쉬어라. 메두사의 저주는 쉽게 풀리는 게 아니야. 나도 고급 마법사가 아니라 이 정도밖에 치료를 못 해줘. 보건 공부할 때 책에서만 봤던 메두사의 저주를 실제로 보다니……. 너 저번에 넘어졌을 때와 동일범의 소행인 것 같아. 그런데 걱정인 건, 그때보다 마법의 힘이 더 세진 것 같아."

"제가 봄이를 데려다줄게요."

"오, 현우가 데려다줄래? 역시 남자 친구가 있으니 든든하네."

"괜찮은데……."

봄이는 두 사람이 자신을 너무 약하게 보는 것 같아 투덜댔다.

"이럴 때 그냥 못 이기는 척 집에 가는 거야."

보건 선생님이 봄이에게 윙크하며 말했다.

집에 가는 길에 현우가 봄이에게 물었다.
"무슨 일이 있었던 거야?"
"잘 기억이 안 나는데 선생님께서 엘나르를 찾아보라고 하셔서 엘나르를 찾고 있었어."
"그 전학생?"
"응. 창문 밖에서 엘나르가 가는 걸 보고 엘나르를 부른 것 같은데 그다음에 정신을 잃은 것 같아."
"저번에 민규가 말한 것처럼 그 전학생의 짓은 아닐까?"
"그런 애 아니라고 말했지? 그리고 그 먼 거리에서 나한테 뭘 어떻게 했겠어? 말도 안 되는 소리 좀 그만해."

봄이는 약간 짜증이 난 듯 대답했다.

"그래도 혹시 모르니까……."
"아니야, 그럴 일 없다고."
"……그래"
현우는 아무래도 전학생이 의심스러웠지만 봄이의 말을 믿기로 했다.

대화를 나누다 보니 어느새 봄이의 집 앞에 도착했다.

"조심히 들어가. 봄아."

"응, 잘 가. 현우야."

"데려다줘서 고마워"

"봄아, 왜 그렇게 풀이 죽어있어?"

"오늘 좀 아파서. 들어가서 잘게."

엄마는 봄이의 기운 없는 모습이 익숙지 않은 듯 방으로 들어가는 봄이의 뒷모습을 한참 쳐다보았다.

"으아."

봄이는 침대에 털썩 쓰러졌다. 눕자마자 현우가 보낸 전령이 도착했다.

"집에 잘 들어갔어? 몸은 어때? 아픈 곳은 더 없고? 먹고 싶은 거 있어?"

전령이 쏟아내는 현우의 질문에 봄이는 웃음이 나왔다. 현우가 이렇게 걱정이 많은 애였나?

"저기요~~ 저 괜찮거든요~~?? 조금 자고 일어나면 괜찮아질 거야. 걱정하지 마~. 내가 누구야? 이봄이잖아~ 걱정하지 말고, 자고 일어나서 연락할게!"

봄이는 전령에게 자기 말을 전해달라고 하고 이불을 머리 끝까지 끌어올려 덮었다.

'휴~~ 임무 완수!!'

어느새 룽룽이가 봄이 곁에 와서 봄이의 얼굴을 핥아주었다. 봄이는 룽룽이를 바라보며 물었다.

"룽룽아. 내가 뭘 잘못했을까? 누가 나를 그렇게 싫어하지? 설마 애들 말대로 진짜 엘나르가? 그렇지만 그럴 리가 없잖아."

룽룽이는 고개를 갸웃거리더니 봄이에게 잘못이 없다는 듯 봄이의 눈을 핥아주었다. 봄이의 눈이 따뜻해지며 걱정되는 마음이 눈 녹듯 사라졌다.

선

하루하루 괴롭힘의 강도가 늘어났다.

하지만 엘나르는 부족했다. 더 강한, 더 위험한, 이제는 모두를 없애버릴 수 있는 마법이 필요했다. 하지만 마법에 대해서 박식하지 못했던 엘나르는 그 정도의 마법은 구사할 수 없었다.

엘나르는 마법에 대한 해답은 아빠에게서 찾기로 했다. 엘나르는 숲을 걸었다. 그리고 매번 쉬었던 장소에 도달했다. 그리고 누워 잠이 들었다. 잠이 들면 아빠를 만날 수 있었기에 엘나르는 그 장소에서 자는 걸 좋아했다. 잠이 들고 얼마 뒤 엘나르는 꿈에서 아빠를 만날 수 있었다.

"아빠!"

"그래 나르야"

엘나르는 아빠를 보자마자 안겼다. 그리고 아빠와 이런저런 이야기를 하다 아까의 얘기를 하기로 했다.

"아빠 그 녀석들 있잖아…. 몽땅 없애버리고 싶은데 어떻게 해야 할까?"

엘리오트는 잠깐 생각하더니 손바닥을 탁 치며 얘기해주었다.

"우리 학교 지하창고에 금지된 마법이 모여있는 책이 있어 너 정도면 그 마법을 사용할 수 있을 거야"

엘나르는 솔깃했다.

"오…." ㅋ

엘나르는 며칠간 어떻게 해야지 그 책을 훔칠 수 있을까 계획을 세웠다. 지하창고 주변을 돌다가 경비 아저씨에게 몇 번 혼나기도 했다. 하지만 계획을 세웠다.

"내일 저녁 7시에 학교에 숨어 들어와서 훔친다…"

엘나르는 자신을 방해하는 모든 존재는 제거하기로 결심했다. 그리고 얼마 안 가서 아빠를 죽인 녀석들에게 아빠의 복수를 할 수 있다는 생각에 기뻤다.

"아하하하하!!"

홀로 사는 집이 울릴 듯이 크게 웃었다. 그 웃음소리는 몇 백 년 전, 마녀의 웃음소리를 연상케 했다.

늦은 밤 학교에 누군가가 들어왔다.

순찰을 하고 있는 경비 아저씨도 침입자가 있다는 사실을 아는 듯 이리저리 돌아다녔다. 그러다 학교의 비밀창고 앞에 누군가가 서 있는 걸 발견한 경비아저씨가 말했다.

"이봐! 거기 누구야!"

경비아저씨는 호통치며 사람이 있는 쪽으로 불빛을 비췄다.

경비아저씨는 그 사람을 보자마자 겁에 질린 얼굴이 되었다.

그리고 털썩, 쓰러졌다.

"Release(해제)"

그러자 비밀창고의 자물쇠가 이리저리 움직이더니 자물쇠가 떨어졌다.

끼이익.

굳게 닫혀있던 문이 열렸다.

침입자는 지하실로 내려가는 계단을 천천히 내려갔다. 어두웠지만 지하실 복도의 끝은 칠흑처럼 어두웠다. 세상의 모든 것을 가라앉힐 정도의 어둠이었다.

침입자는 어둠으로 깊게 물든 복도 끝을 향해 한참을 걸었다. 복도 끝에는 작은 철문이 있었다. 그 문에는 이렇게 쓰여 있었다

'금지된 성물 보관소 (위험등급 Max)'
침입자는 그 문을 열었다.
문을 열자마자 보이는 것은 악마의 마법서였다.

마법 정부의 상층부에서는 그것을 이렇게 불렀다.
'금지된 마법이 모여있는 쓰레기'

악마의 마법서에는 너무 위험해 사용을 금지한 마법들이 모여 있다. 유출을 막기 위해서 한꺼번에 모아두고 있었다. 학교의 침입자는 그 악마의 마법서를 훔쳐 달아났다.

다음날 선생님들이 모여 회의를 했다.
"이건 있을 수 없는 일입니다!! 악마의 마법서가 유출됐다니⋯⋯. 악마의 마법서의 마법이 풀리면 악마들과 제2차 마법 대전이 일어날 수도 있다구요!! 당장 악마의 마법서를 되돌려야 합니다!!"

강정식 선생님이 소리쳤다.

다른 선생님들 모두 그런 생각이었을 것이다.

"게다가 그 침입자 녀석 경비 아저씨도 쓰러뜨렸다구요!
침입자 녀석 잡히기만 해봐!!!"

강정식 선생님이 분노했다.

저 멀리서 누군가가 달려와 얘기했다.

"복도를 지키는 장식의 마법을 풀었습니다."

그 침입자는 마법을 사용해서 경비 아저씨뿐 아니라 복도
를 지키는 장식까지 모두 멈추어 버렸다. 복도를 지키는 장
식들까지 멈추다니 보통 마법의 능력을 갖춘 마법사가 아니
었다. 복도를 지키는 장식들은 복도에서 있었던 일들을 선생
님들의 마법 지팡이에 보여주었다.

하지만 아무것도 없었다. 복도가 너무 어둡기도 했고 범인
이 모자를 푹 눌러쓰고 있어 범인의 얼굴이 나오지 않았다.
그뿐 아니라 무슨 마법을 사용한 것인지 복도를 지키는 장식
의 기억에서 다른 것은 분명하게 보였지만 침입자의 얼굴은
마치 모자이크 처리한 것처럼 흐릿해서 도저히 알아볼 수가
없었다.

그나마 복도를 지키는 장식의 기억에서 건진 건 우리 학교

학생이라는 것이었다. 그 침입자는 우리 학교의 교복을 입고 있었다.

"아니, 우리 학교 학생이 악마의 마법서를 건드려?!!"
강정식 선생님은 복도를 지키는 장식의 기억을 보고 더욱 화를 냈다.
"학교에 공지를 올릴 수도 없고 미치겠네."
과학 선생님이 한숨을 쉬었다.

악마의 마법서는 악마들이 찾을 수 없도록 전 세계에 있는 마법 학교마다 100년씩 돌아가면서 보관한다. 악마의 마법서가 어디 있는지 그 위치는 철저히 비밀에 부쳐졌으며, 학생들은 악마의 마법서의 존재에 대해 알 수 없도록 선생님들은 엄격히 비밀을 지키고 있었다.
마법의 힘을 갖고 있지 않거나 어중간한 마법의 힘을 가진 자가 악마의 마법서를 본다면 그것을 보는 것만으로도 죽을 수 있었다.
그 정도로 악마의 마법서는 위험한 물건이다.
학생들의 입학과 전학을 담당하는 체육 선생님이 말했다.
"지난 테스트할 때 보니, 전학생의 마법의 힘이 굉장히 강하던데요. 혹시 그 아이일 가능성은 없을까요? 우리 학교 학생 중에서 그 정도 마법의 힘을 가진 아이는 그 아이뿐이에요."

체육 선생님의 말씀은 일리가 있었다.

"그렇지만 악마의 마법서가 지하에 있다는 걸 전학생이 어떻게 알았을까요? 우리 학교 선생님들조차도 악마의 마법서가 지하에 있다는 걸 아는 선생님이 거의 없는데요."

그 말도 맞았다. 도대체 누가 훔친 걸까? 악마들이 훔친 걸까?

악마의 마법서의 행방은 미궁에 빠졌다.

월식

그날은 월식이 있는 날이었다.

월식이 있는 날에는 밖에 돌아다니면 안 된다. 영험한 달의 기운이 어둠의 그림자에 가려 어둠의 영혼들이 돌아다니기 때문이다.

민규는 그날이 월식이라는 걸 잊었다. 마법 시험을 엉망으로 보고 망연자실한 상태였기 때문이다.

아무리 노력해도 마법 성적은 오르지 않았다. 이 성적을 부모님이 아시면 또 실망하실 텐데. 부모님께 뭐라고 말씀드려야 하나. 민규의 머릿속은 복잡했다. 이런저런 고민을 하다 보니 밤이 늦었다. 집에 빨리 가야 하지만 몸이 따라주지 않았다. 최대한 빨리 집으로 갈 준비를 했다. 민규가 현관을 나설 때였다.

학교의 담을 넘는 검은 그림자가 보였다. 민규는 자신도
모르게 숨었다.
"Stealth(은신)."
민규는 그 검은 그림자에 들킬까 봐 기척을 숨기는 마법을
사용하고 그림자의 뒤를 따라갔다.
검은 그림자는 경비아저씨를 쓰러뜨리고 빠른 속도로 어두
운 복도로 사라졌다. 민규는 쓰러진 경비아저씨를 살펴보았
다. 경비 아저씨는 몸이 돌처럼 변해있고 심장은 더 이상 뛰
지 않았다.

이건 봄이가 당했던 마법이다. 그때보다 마법의 힘이 더
강해졌다.
"……메두사의…. 저주.."
민규는 주위를 두리번거렸다. 그 검은 그림자가 어디로 사
라졌는지 찾을 수 없었다. 들키면 나까지 메두사의 저주에
당할지도 모른다. 민규는 어둠 속에 숨었다. 그 검은 그림자
가 언제 어디에서 나올지 알 수 없다. 지금 자신의 힘으로는
검은 그림자와 싸워서 이길 수 없을 것 같았다.

얼마 뒤 검은 그림자가 다시 나타났다.

민규는 기적을 숨기는 마법에 최대한 집중했다. 다행히 그 검은 그림자는 민규의 기적을 느끼지 못하고 그냥 지나쳤다. 민규는 그 검은 그림자가 품에 이상한 책을 껴안고 있는 것을 보았다.

검은 그림자는 운동장으로 향했다. 그때 달이 어둠에서 나오기 시작했다. 달빛을 받은 검은 그림자의 모습이 드러났다. 모자를 쓰고 있어 얼굴이 제대로 보이지 않았지만, 앞머리로 눈이 가려질 정도로 긴 더벅머리가 보였다.

틀림없다.

저건 봄이 반의 전학생이다.

다행히 엘나르는 민규의 기적을 느끼지 못했다. 아니, 민규에게 아예 관심이 없었다. 엘나르는 자신이 갖고 있던 책을 펼쳐서 확인하더니 허름한 창고가 있는 쪽으로 사라졌다. 엘나르가 완전히 사라진 것을 보고 민규는 조심히 학교 밖으로 나갔다.

민규는 자신이 본 것을 친구들에게 당장 이야기하고 싶었다. 하지만 아직 봄이가 아팠기에 봄이가 낫기를 기다렸다. 그전에 현우와 지연이와 이야기를 나누어야겠다고 생각했다. 민규 머리에서 마법 성적에 관한 생각은 완전히 사라졌다.

다음 날 민규는 현우와 지연이에게 전령을 보냈다. 민규가 보낸 전령에게 이야기를 들은 현우와 지연이는 말하는 동상 앞에서 민규와 만나기로 했다.

말하는 동상은 그때의 일을 기억하지 못한다. 아멜리아에 대해 전혀 다르게 기억하고 있으며 아이들에게는 또 다른 말도 안 되는 이야기를 퍼뜨리고 있다. 네 사람은 말하는 동상의 엉뚱한 소리를 들을 때마다 웃음이 나왔다.

네 사람은 가끔 그때의 추억을 떠올리며 말하는 동상 앞에서 여러 이야기를 나누곤 했다. 말하는 동상은 그때마다 아는 척을 하며 아이들의 대화에 끼고 싶어 했지만 번번이 실패했다.

아이들은 말하는 동상을 놀리는 재미로 말하는 동상 앞에서 이야기를 나누곤 했다. 하지만 오늘은 다른 아이들이 제일 꺼려하는 말하는 동상 앞이 제일 안전할 것 같았다.

"무슨 일이야?"

"너희들한테 하고 싶은 이야기가 있어. 내가 어제 뭘 봤냐
면……."

민규의 이야기를 들은 현우와 지연이의 표정이 매우 심각
했다. 지연이가 한참 고민하더니 현우에게 말했다.

"현우야. 네가 민규에게 이야기해줘."

"뭐야? 나 빼고 둘이 무슨 비밀이 있어?"

"……사실……."

현우의 이야기를 들은 민규의 표정도 심각해졌다.

봄이를 데려다준 날, 현우는 봄이에게 있었던 일에 대해
들으며 아무래도 봄이가 위험하다는 생각이 들었다. 고민하
던 현우는 지연이에게 전령을 보냈다.

지연이는 현우가 보낸 전령의 이야기를 듣고 전령에게 학
교 도서관으로 오라는 답을 보냈다.

"도서관에는 왜?"

"도서관에는 없는 게 없어. '아멜리아' 책도 도서관에서 찾
았던 거 기억하지?"

"그렇긴 하지."

"도서관의 책들을 찾다 보면 분명히 답을 찾을 수 있을 거
야."

지연이는 단호했다.

며칠 동안 지연이와 현우는 방과 후에 매일 학교 도서관에 가서 책을 찾았지만 봄이에게 일어난 일을 알기는 힘들었다.

그나마 보건 선생님이 이야기한 치유의 마법서에서 메두사의 저주에 대해 간단하게 다루고 있었다.

메두사의 저주는 지금은 거의 사라진 흑마법사들이 사용하는 마법이라고 한다.

메두사의 저주는 3급 마법사 이상의 흑마법의 힘이 강한 자만이 사용할 수 있으며 메두사의 저주를 받은 사람은 검은 뱀이 자신을 잡아먹는 듯한 환영을 본다. 실제로는 흑마법으로 된 메두사의 검은 뱀의 환영이 저주받은 사람의 신체 한 부분을 조른다.

검은 뱀에게 졸린 부분부터 신체가 검게 변하며 몸이 굳는 느낌이 든다. 메두사의 저주를 더 강하게 사용하면 그 대상을 돌로 변하게 할 수도 있다고 한다.

돌이 되고 나면 다시 원래대로 되돌리는 방법은 없으며 돌이 되기 전에 방어 마법으로 메두사의 저주를 약하게 하고, 치유 마법으로 저주를 풀어야 한다.

만일, 메두사의 저주를 제대로 풀지 못하면 눈에 보이지는 않지만, 메두사의 검은 뱀이 그 사람의 몸에서 완전히 떨어지지 않고 그대로 붙어서 메두사의 저주를 사용한 흑마법사가 마음만 먹으면 언제든 다시 메두사의 저주를 사용해서 저주의 힘을 더 강하게 할 수도 있다.

메두사의 저주를 완전히 없애기 위해서는 치유 마법을 사용하는 사람은 반드시 백마법의 힘을 강하게 사용해서 정화해줘야 하고, 메두사의 저주를 받은 사람은 충분한 휴식을 취해 마법 체력을 회복해야 한다. 그렇지 않으면 영원히 메두사의 저주에서 빠져나올 수 없다.

메두사의 저주는 정말 무서운 마법이었다.

이런 무서운 마법을 사용하는 사람은 도대체 누구지?
혹시 그날 민규가 본 그 전학생일까?

폭발

며칠 뒤 봄이가 학교에 왔다.

세 사람은 봄이에게 그동안 있었던 일들을 이야기했다. 현우와 지연이는 학교 도서관에서 메두사의 저주에 대해 본 내용과 보건 선생님이 봄이의 몸에서 발견했던 검은 뱀에 관해 이야기했고, 민규는 월식 날 밤 학교에서 자신이 본 것을 이야기했다.

이야기를 다 들은 봄이의 표정이 뜨악했다.

"그…. 그게 진짜야?"

"응. 내 두 눈으로 직접 봤어."

봄이는 도무지 믿을 수 없는 표정이었다.

"봄아, 내가 그 전학생 의심스럽다고 했지?"

"믿기지 않아. 음…. 내가 엘나르에게 직접 물어볼게."

"야. 무슨 소리야? 아름이 때 기억 안 나? 우리 힘만으로는 이 일을 해결하기 힘들어. 선생님께 얘기해야 해."

봄이는 이해할 수 없었다. 오래 본 건 아니었지만 그동안 지켜본 엘나르는 그런 무서운 일을 할 만한 아이가 아니었다. 분명 자신에게 이런 일이 생겼으니 친구들이 자신을 걱정해서 오버한 것으로 생각했다.

봄이는 엘나르에게 직접 물어서 오해를 풀고 싶었다. 자신을 싫어하는 것 같기는 하지만 그래도 나쁘거나 거짓말하는 아이는 아닐 거다.

봄이가 엘나르를 찾아 다닌 지 얼마 지나지 않아 엘나르가 숲으로 들어가고 있는 것을 보았다. 봄이는 큰 소리로 엘나르를 부르며 엘나르에게 달려갔다. 다른 아이들도 봄이를 쫓았다.

엘나르는 소리를 지르는 나무 아래에서 마법 지팡이를 이용해 마법의 주문을 사용하는 중이었다. 그때 봄이가 엘나르의 어깨를 잡았다.

"엘나르!!"

엘나르는 놀란 표정으로 뒤를 돌아봤다.

"여기를 어떻게……."

엘나르는 봄이 뒤를 따라오는 나머지 세 명을 보았다.

저 세 명은?

엘나르는 환상 속에서 봄이와 함께 있던 아이들의 모습을 떠올렸다. 그 아이들이다. 이 아이들이 다 모이면 보석의 힘이 아니라 해도 이길 수 없을지도 모른다. 아빠의 싸움에서 보지 않았던가. 저들이 자신을 알아보지 못해 정말 다행이다.

네 사람이 모이지 않도록 해야 했다. 네 명 모두에게 복수하고 싶은 마음이 들끓었지만 아직은 안 된다. 아직 마법의 힘을 다 회복한 것이 아니다. 엘나르는 급한 마음에 봄이에게 마법을 사용했다. 봄이와 엘나르가 번쩍하더니 아이들의 눈앞에서 사라졌다.

"봄아!!"

봄이가 사라졌다.

세 사람은 아름이를 잃은 것처럼 봄이도 잃을까 봐 두려웠다. 민규는 주먹으로 바닥을 내리쳤다.

"젠장! 봄이를 말렸어야 했는데!"

엘나르가 봄이에게 나쁜 마법을 사용하면 어떻게 하지? 그 동안 봄이에게 있었던 일들이 엘나르가 사용한 마법이라면 지금까지 있었던 일들이 다 맞아떨어진다. 봄이는 여러 번 위험한 일도 겪었고, 얼마 전 민규는 경비 아저씨가 돌이 된 것도 보았다. 봄이도 그렇게 되지 말라는 법이 없었다.

"어쩌지? 김혜림 선생님에게 찾아갈까?"

"김혜림 선생님은 이제 아멜리아와 상관없는 분이잖아. 도 와주기 힘드실 거야."

"그건 그래. 그리고 엘나르에 대해서도 모르시고."

세 사람이 머리를 맞댔지만 뾰족한 수가 나지 않았다.

"으윽."

봄이가 정신을 차렸다.

정신을 차리고 자신이 어디에 있는지 알아보려 주변을 둘러보았지만, 아무리 봐도 본적 없는 공간이다. 일어나보려 몸 부림쳐 보았지만, 몸이 움직이지 않는다. 몸과 손발이 꽁꽁 묶여있었다.

"누구 없어요?"

봄이가 소리치자 저 멀리서 누군가가 걸어왔다.

"정신 차렸어?"

그 사람이 누군지 알아보기 위해 집중하던 봄이는 깜짝 놀랐다.

"……엘나르?"

엘나르였다.

봄이는 자신에게 이런 짓을 하는 엘나르가 이해되지 않았다.

"엘나르. 나한테 도대체 왜 이러는 거야?"

봄이의 말을 들은 엘나르는 도리어 화를 내었다.

"너네야말로!! 나한테 왜 그랬어? 아빠한테 왜 그랬냐고!!"

엘나르의 얼굴에 분노가 가득했다. 하지만 봄이는 엘나르가 왜 그렇게 분노하는지 알 수 없었다.

"……그게 무슨 소리야?"

"아, 너희는 나를 모르는구나. 혹시 …… 엘리오트 교장 선생님……. 기억나지?"

봄이는 엘나르의 입에서 완전히 사라져 잊힌 줄 알았던 엘리오트 교장 선생님의 이름이 나오자 깜짝 놀랐다.

"……네가 어떻게 엘리오트 교장 선생님을 알아? 그 이름은 세상에서 지워졌는데?"

"내가 바로 그 엘리오트 교장 선생님의……."

엘나르는 말을 잇지 못했다.

"무슨 소리야? 엘리오트 교장 선생님은……."

"엘리오트 교장은 너희가 죽였지. 그뿐이야? 엘리오트라는 사람을 이 세상에서 모든 흔적도 다 없애버렸지."

"……우리는……."

엘나르가 봄이의 말을 가로막았다.

엘나르는 숨을 한번 골랐다.

"너희가 죽인 그 교장 선생님, 우리 아빠야. 아니, 내가 그 엘리오트 교장 선생님이야."

"……무슨 소리야?"

봄이는 엘나르의 말에 당황했다. 엘나르는 말을 이었다.

"아, 내 소개부터 다시 해야겠구나. 난 엘리오트 교장 선생님의 흔적이야. 너희가 우리 아빠를 산산조각 낼 때, 아빠는 그 짧은 순간에 후일을 도모해 마법의 힘을 이용해 자기 몸을 작게 조각냈어. 그리고 그 작은 조각들을 세상에 뿌렸지. 난 그 조각 중 하나야. 이 숲에 떨어진 나는 이렇게 살아남았어. 이 숲이 나에게 마법의 힘을 돌려주었지. 나는 아빠의 작은 조각이자 분신이야. 내 마음속에는 너희에게 억울하게 당한 아빠의 분노가 고스란히 담겨 있어. 내가 그동안 얼마나 혼자 외롭고 쓸쓸했는지 모를 거야. 너희들도 나와 똑같은 고통을 느껴야 해."

"아니야. 그건 오해야. 그때 우리 학교에 무슨 일이 있었는지 들어봐. 우리는……."

"시끄러워! 너에게 그런 이야기 듣고 싶지 않아! 난 다 기억하고 있다고!!"

엘나르는 봄이의 이야기를 전혀 들으려 하지 않았다.

아름이

세 사람은 봄이를 찾았다. 하지만 아무리 찾아도 찾을 수 없었다.

그때 소리 지르는 나무가 또다시 큰 소리를 내기 시작했다.

우와와아아아아~~

지연이가 답답한 마음에 소리 지르는 나무에 말했다.

"소리 지르는 나무야. 네가 우리에게 무언가 알려주려고 그러니? 제발 소리만 지르지 말고 우리가 알아듣게 이야기해 줘."

그러나 소리 지르는 나무의 소리가 들릴 리가 없다. 어느새 밤이 어두워졌다. 더 이상 숲속에 있을 수는 없었다.

아이들은 집으로 돌아갔다.

잠을 자려고 침대에 누웠지만 모두 쉽게 잠들지 못했다. 현우도 아까 민규에게 진정하라고 말했지만 불안한 마음에 계속 뒤척였다.

아름이의 죽음을 제일 먼저 본 것도 현우다.

그때의 충격은 아직도 잊을 수 없다.

현우는 더 이상 소중한 친구를 잃고 싶지 않았다.

봄이는 여자친구이기 이전에 소중한 친구였다. 아름이를 그렇게 보낸 것도 속상한데 봄이까지 잃을 수는 없다. 더 이상 친구를 잃는 일은 없을 것이다.

"······야. 현우야. 일어나 봐."

누군가가 현우를 깨웠다.

"누구······야."

현우가 눈을 비비며 일어났다.

현우는 자기 눈을 믿을 수 없었다. 현우 앞에 다시 볼 수 없는 그리운 얼굴이 있었다.

아름이었다. 아름이가 웃으며 말했다.

"잘 있었어? 오랜만이네."

"너 뭐야? 그때 잘 지낸다고 하지 않았어?"

"맞아. 나 굉장히 잘 지내고 있지. 하핫. 너에게 말해줄 게 있어서."

"그게 뭐야?"

"응, 손을 펴볼래?"

"손?"

"응."

현우는 손을 폈다. 아름이는 현우의 손바닥에 마법 지팡이로 무어라 글을 썼다.

"이게 뭐야?"

"지금은 이야기해 줄 수 없어."

현우는 손바닥을 펴보고는 아름이를 쳐다봤다.

"너희 둘이 참 잘 어울리더라. 봄이 꼭 되찾아. 봄이는 벌써 여기 오면 안 돼."

현우는 잠에서 깼다.

꿈의 여운이 가시기 전에 손바닥을 펼쳐보았다. 현우의 손바닥에는 글자가 선명하게 쓰여 있었다. 그 글자에서 마법의 힘이 느껴졌다.

현우는 다급히 다른 아이들에게 전령을 보냈다.

그런데 전령을 보내자마자 지연이와 민규에게서도 전령이 왔다. 세 사람은 봄이를 놓쳤던 소리 지르는 나무 아래에서 모이기로 했다.

현우가 먼저 말했다.
"얘들아. 나 오늘 꿈에서……."
"혹시 너도 꿈에 아름이가 나왔어?"
"너도?"
모든 아이의 꿈에 아름이가 다녀갔나 보다.

민규가 자신의 꿈에 관해 이야기했다.
"민규야!! 김민규!!"
오랜만에 듣는, 익숙한 목소리가 깨웠다.
"누구야……. 이 밤o……."
민규는 믿을 수 없는 듯 자신의 두 눈을 비볐다. 눈앞에
아름이가 있었기 때문이다. 민규는 아름이를 보자마자 눈물
을 흘렸다.
"아름아."
"응. 오랜만이지?"
민규는 아름이를 잡으려고 손을 뻗었다. 하지만 아름이를
잡을 수 없었다. 아름이는 그런 민규의 모습을 보고 웃었다.
"풉!"

"야, 너 지금 웃냐?"

"그래 웃는다! ㅋㅋ"

오랜만에 만났어도 민규는 아름이와 티격태격했다. 갑자기 아름이가 진지하게 민규를 불렀다.

"민규야."

"응?"

"이제 시간이 별로 없어"

"그게 무슨 소리야?"

아름이는 민규를 응시했다.

"이제 나는 가봐야 해."

"얼마 있지도 않았는데……"

"일어나면 손바닥을 꼭 봐."

"아름아! 기다려! 가지 마!"

"민규야. 봄이를 꼭 지켜줘."

민규는 잠에서 깨 손바닥을 보았다.

"Barrier(배리어)? 이게 뭐지?"

민규는 꿈에서 깨자마자 지연이와 현우에게 전령을 보냈다.

지연이의 꿈도 비슷했다.

"지연아. 지연아."

"응. 5분만······."

"뭐래? 얼른 일어나!"

지연이는 비몽사몽 일어났다. 지연이 앞에는 아름이가 있었다.

"아······름이?"

"그래, 오랜만이야. 지연아!"

지연이는 오랜만에 본 아름이를 안으려 했지만 닿는 순간 아름이의 영혼이 흩어졌다. 아름이도 지연이를 안아주고 싶었지만 그럴 수 없었다. 두 사람은 옛날이야기를 했다.

"네가 나 생일 선물 챙겨줬을 때 얼마나 감동이었는지 몰라."

"그치? 나 완전 센스쟁이지? ㅋㅋ 다시 챙겨주고 싶은데······ 못 챙겨주게 됐네."

숙연해졌다. 아름이가 일어서며 말했다.

"그럼 나 이제 갈게!"

"얼마 안 있었는데 어딜 간다고······."

"꿈에 더 오래 있을 힘이 없어."

"안 돼."

"다음에 또 만날 기회가 있을 거야! 일어나면 손바닥을 꼭 봐!"

"가지 마."

"나는 이제 가야 해. 지켜야 할 사람이 또 있잖아?"

꿈에서 깬 지연이의 손바닥에는 마법 주문이 쓰여 있었다. 지연이도 현우와 민규에게 급하게 전령을 보냈다.

"아름이가 또 우리를 도와주었구나."

세 사람 모두 손바닥을 펼쳐 보였다. 각기 다른 주문이 쓰여 있었다. 서로 눈을 마주치고 고개를 끄덕였다.

"봄이를 찾으러 가보자. 분명 아름이가 안내해줄 거야."

모두 입을 모아 외쳤다.

"Telporter!!(텔레포트)"

그러자 엄청난 마법의 힘이 현우의 손바닥에서 뿜어 나왔다.

그 마법의 힘은 세 명을 감싸 안았다. 세 사람은 시공간을 초월해서 이동했다. 언뜻 소리 지르는 나무의 소리가 들리는 것 같기도 했다. 공간을 이동하는 중 우리 오 총사의 기억이 스쳐 가는 듯했다. 아이들은 모두 그 기억을 껴안고 꼭 봄이를 구해내겠다고 다짐했다.

정신을 차리니 낯선 숲에 있었다.

저 멀리 봄이가 보였다. 봄이의 몸은 검은 마법에 묶여있었다. 봄이 앞에는 엘나르가 있었다. 두 사람은 뭔가 심각한 이야기를 나누고 있었다.

"Stealth(은신)."

세 사람은 기척을 숨기고 조심스럽게 두 사람 곁으로 다가갔다.

마침 그때 엘나르는 화를 내며 어디론가 사라졌다.

지금이다.

아이들이 봄이 곁으로 갔다. 현우가 조심스럽게 봄이의 몸에 묶인 검은 마법을 풀었다. 봄이가 놀라며 물었다.

"여길 어떻게 온 거야?"

"쉿!"

현우는 입술에 검지를 갖다 대며 봄이를 조용히 시켰다.

불편한 만남

마법은 풀었지만 봄이의 몸은 움직이지 않았다. 봄이 몸의
일부가 흑마법으로 검게 변해있었다.

지연이의 얼굴이 새파랗게 질렸다.

"얘들아. 봄이 어떻게 해."

현우와 민규는 봄이를 보았다. 봄이의 발목과 목에 검은
뱀이 친친 감겨 있었다. 봄이에게 걸렸던 메두사의 저주가
완전히 풀린 게 아니었나 보다. 아직 아이들은 방어 마법이
나 치유 마법을 잘 사용하지 못했다.

아름이의 도움으로 숲에 들어오기는 했지만 엘나르 몰래
이 숲을 빠져나가는 방법은 알 수 없었다. 이대로 봄이의 몸
을 두면 메두사의 저주로 봄이도 돌로 변할지도 모른다.

돌로 변하면 다시는 되돌릴 수 없다고 했는데……. 그렇게

둘 수는 없었다.

이번에도 아름이의 도움을 받기를 바라며 손바닥을 펼쳐보았다.

"Telporter!!(텔레포트)"

아무리 외쳐도 제자리였다. 엘나르가 돌아오기 전에 얼른 떠나야 하는데……. 마음이 조급해졌다. 걱정되는 마음에 서로의 눈을 바라만 보았다.

"어떡하지?"

그때였다.

"이 숲을 어떻게 알고 왔지? 너희들도 잡으러 가려고 했는데, 제 발로 들어왔네?"

엘나르였다. 네 사람은 온몸이 굳는 것 같았다.

엘나르는 씨익 웃으며 현우에게 작은 검은 구체를 날렸다.

"히익!"

현우는 몸을 숙여 피했다. 현우가 피한 검은 구체는 나무에 부딪혔다. 그러자 나무가 흔적도 없이 폭발했다. 현우는 등골이 오싹했다.

"저거 맞았으면 완전히 골로 갔겠구먼? 히익!!"

검은 구체가 하나 더 날아왔다. 평소 운동으로 다져진 현우의 운동 신경이 빛을 발했다. 현우는 아슬아슬하게 검은 구체를 피했다. 검은 구체를 보고 현우는 저도 모르게 중얼거렸다.

"와, 진심이구나……."

아이들은 마법 지팡이를 바로 쥐었다. 전력을 다하지 않으면 엘나르에게 당할지도 모른다.

민규가 마법의 힘을 마법 지팡이에 모았다. 마법 지팡이 끝에 불꽃이 튀었다.

"Fire!! (불꽃)"

민규의 마법 지팡이 끝에 거대한 불꽃이 생겼다. 민규는 그 불꽃을 엘나르에게 쏘았다. 불꽃을 맞은 엘나르는 연기가 피어오르고 거대한 불꽃이 타올랐다.

민규는 소리쳤다.

"됐다!"

그러나 엘나르는 상처 하나 없이 불꽃에서 걸어 나왔다.

엘나르는 코웃음을 쳤다.

"겨우 이 정도 실력이야? 이런 아이들에게 아빠가 죽었다니. 화가 치밀어 오르는데?"

"아빠?"

"아빠라니 그게 무슨 소리야?"

"얘들아. 그건 나중에 설명해 줄 테니까 지금은 나 좀 어떻게 해 줄래?"

봄이가 아이들에게 말했다.

"봄아, 미안해. 좀만 더 기다르……. 으악!!"

현우가 검은 구체를 피하며 답했다.

"하…. 그래. 내가 잘못한 거니까 이렇게 잡혀 있어야지."

그때 엘나르가 봄이에게 거대한 검은 구체를 날렸다. 저 검은 구체를 맞으면 봄이도 나무처럼 흔적도 없이 폭발할지도 모른다.

봄이는 두 눈을 꽉 감았다.

"엄마, 하느님, 부처님, 예수님……. 누가 나 좀 구해주세요."

그때였다.

"으악, 뜨거워!!"

갑자기 봄이 주변에 불길이 활활 타오르기 시작했다. 봄이가 민규에게 화를 냈다.

"야! 김민규! 너 나한테 마법 사용한 거냐?"

"뭐래? 난 쟤 하나 감당하기도 힘들구먼."

"그럼 이 불길은 뭐지? 으악!! 무슨 불길이 이렇게 거세? 앗, 뜨거, 뜨거……겁지 않네?"

이상한 일이다.

봄이는 불에 활활 타오르고 있었다. 하지만 그 불길이 전혀 뜨겁게 느껴지지 않았다. 불길 속이지만 익숙한 따뜻함이 느껴졌다.

불이 봄이의 온몸을 활활 태웠다. 봄이의 몸을 감싸고 있던 검은 뱀들이 거센 불길에 타오르기 시작했다. 검은 뱀들은 괴로운 듯 검은 혀를 날름거리며 불길에 녹아내렸다. 검은 뱀들이 녹아내리자 봄이는 몸을 움직일 수 있게 되었다.

"어? 몸이 움직여진다!"

그 순간 봄이 어깨에 누군가가 올라탔다.

전설의 동물

크와앙!

봄이는 자기 어깨에 앉은 존재를 보았다.

봄이의 눈이 휘둥그레졌다.

"룡룡아! 너 여기에 어떻게 왔어?"

룡룡이는 봄이의 말에 대답 대신 자신의 볼을 봄이에게 비볐다. 이 불길은 룡룡이를 쓰다듬을 때 느꼈던 따뜻함이었다. 룡룡이가 봄이를 구하기 위해 온 것이다.

룡룡이는 봄이의 어깨에서 엘나르를 노려보았다. 그러더니 룡룡이는 봄이의 어깨를 발판 삼아 높이 뛰어올랐다. 그러자 룡룡이에게서 엄청난 불길이 일어났다.

"룡룡아!!!"

룡룡이의 온몸에 불길이 일었다. 온몸에 불을 두르자 룡룡이의 몸집이 거대해졌다.

"기억났다. 저번에 봄이가 보여준 동물."
지연이가 작게 중얼거렸다.
"붉은 비늘, 도마뱀 같이 생긴 생김새, 전설의 동물 샐러맨더(Salsmander)야!!"
샐러맨더는 불 속에서 살며 불을 호흡하며 불을 먹고 산다는 전설의 동물이다. 샐러맨더의 불꽃은 불순물을 태워 없애고 순수한 상태로 되돌린다고 한다.

봄이가 키우던 룡룡이가 그런 전설의 동물이었다니.

틀림없다.
저번에 책에서 본 그 모습 그대로다. 봄이 집에서 봤을 때는 작은 아기의 모습이어서 알아볼 수 없었지만, 지금의 모습은 책에서 봤던 모습이다.
실제 눈앞에서 본 모습은 책 속의 그림보다 더욱 훌륭했다. 지연이는 룡룡이의 모습에 자신도 모르게 넋을 놓았다.
"정신 차려!!"

지연이 바로 앞에서 검은 구체가 튕겨 나갔다. 민규가 마법으로 검은 구체를 튕겨준 것이다.

"고…. 고마워. 민규야…."

"한눈팔지 마! 저거 맞는 순간 끝장이야!"

"으…. 응…."

커다란 불덩어리가 된 룡룡이는 엘나르와 봄이 사이에 서서 엘나르를 노려보았다. 룡룡이에게서 봄이를 지키겠다는 의지가 느껴졌다.

크와아앙!!!

룡룡이가 거대한 소리로 울부짖었다. 산천초목이 흔들렸다.

룡룡이가 화가 난 듯 엘나르를 향해 불꽃을 쏘았다.

하지만 엘나르는 비웃으며 마법 지팡이로 룡룡이의 불꽃을 멀리 날려버렸다.

"흥! 오합지졸끼리 모여 봤자 달라지는 건 없다고!!"

"Protction!!(보호)"

엘나르는 보호 마법을 사용하더니 보호 마법 안에서 눈을 감고 집중하기 시작했다. 엘나르의 앞에 짙은 어둠을 가진 거대한 검은 구체가 생성되었다.

"애들아! 보호 마법을 부수고 엘나르의 명상을 막아야 해! 명상이 끝나면 엄청난 마법의 힘을 가진 검은 구체가 날아올 거야!!"

아이들은 마법 지팡이에 최대한 집중해 마법의 힘을 모았다. 하지만 어림도 없었다. 엘나르의 마법의 힘이 더 세기에 엘나르의 보호 마법에는 실금도 생기지 않았다.

룡룡이도 아이들을 도우려는 듯 엄청난 크기의 불꽃을 뿜었다. 룡룡이의 불길도 거대하고 무서웠지만 엘나르의 흑마법에 비할 바가 못 되었다.

그때 엘나르가 눈을 떴다. 명상이 끝난 듯했다.

엘나르의 눈동자가 보이지 않았다. 엘나르의 눈에는 그저 검은 어둠만이 가득했다. 그 어둠은 주변으로 퍼져나갔다. 어둠이 닿는 모든 곳에 있는 생명은 공포에 떨었고 식물들은 생명을 잃었다. 엘나르는 공포의 힘을 흡수했다. 어둠이 커질수록 검은 구체는 무서운 속도로 커졌다.

엘나르의 앞에 거대한 검은 구체가 생성되었다.

엘나르는 손을 펼쳐 그 검은 구체에 자신의 어둠의 힘을 더했다. 검은 구체는 마치 거대한 블랙홀 같았다. 저 검은 구체에 맞으면 영원히 돌아올 수 없을 것 같았다.

룡룡이가 아이들 앞을 막아섰다. 아이들이 검은 구체에 맞는 것을 막으려는 것 같았다 그러더니 검은 구체를 향해 불을 뿜었다. 룡룡이의 불이 검은 구체를 조금 태우기는 했지만 검은 구체를 막기에는 힘이 턱없이 부족했다.

엘나르는 자신이 만든 거대한 검은 구체를 아이들을 향해 던졌다.

이제 끝났구나.

아이들은 두 눈을 꼭 감았다.

그 순간 룡룡이가 뛰어올라 양쪽의 불로 된 비늘 막을 펼쳐 검은 구체를 막았다. 거대한 검은 구체와 룡룡이의 불로 된 비늘 막이 정통으로 부딪쳤다.

펑!

거대한 검은 구체는 엄청난 굉음을 뿜어냈다.

각성

연기가 자욱했다. 연기가 걷히자 룡룡이가 쓰러진 모습이 보였다.

"룡룡아!!"

봄이가 룡룡이에게 달려갔다.

엘나르는 자신의 마법이 실패한 것을 보고 다시 눈을 감고 집중하기 시작했다. 이번에는 아까보다 더 큰 구체를 만들 심산이었다.

"룡룡아, 괜찮아?"

끼잉.. 끼잉….

룡룡이의 덩치는 커졌지만 봄이에겐 작았던 때와 같아 보였다. 봄이는 눈물을 흘리면서 룡룡이에게 마법 지팡이를 갖다 댔다.

"Heal!!(힐)"

마법 지팡이에서 새싹들이 나와 룡룡이를 감싸주었다. 그러나 마음이 조급해 그런지 마법이 제대로 듣지 않았다.

"룡룡아, 제발……."

봄이는 룡룡이를 안고 눈물을 흘렸다. 룡룡이는 아직 힘들어 보였지만 울고 있는 봄이를 보고 다시 일어나 싸우기로 결심한 듯했다. 룡룡이가 비틀거리며 다시 일어섰다.

룡룡이의 몸이 아까보다 더 붉어지더니 몸의 비늘을 모두 뾰족하게 세웠다. 비늘 하나하나가 불덩이로 변했다.

크와아앙!!!

불길이 점점 커졌다. 룡룡이는 아까보다 훨씬 더 큰 불길을 만들었다. 마침내 룡룡이의 온몸이 불길에 휩싸였다. 룡룡이가 한 발을 내디딜 때마다 거대한 불구덩이가 생겼다.

룡룡이는 봄이를 한번 바라보고 엘나르를 향해 뛰어갔다. 속도가 훨씬 빨라졌다. 봄이를 비롯한 네 사람 모두 룡룡이에게서 엄청난 마법의 힘을 느꼈다.

룡룡이는 엘나르의 보호 마법에 불덩이가 된 자기 몸을 부딪쳤다. 아까는 실금조차도 생기지 않았던 보호 마법이었으나 이번에는 달랐다. 엘나르의 보호 마법은 산산조각이 났다. 엘나르뿐 아니라 아이들 모두 놀랐다. 엘나르의 집중력이 흐트러지자 검은 구체의 모양도 흐트러졌다.

"각성했다고 이 정도로 변하다니…."
지연이는 각성한 룡룡이를 보고 감탄했다.
각성이란 전설의 동물들만 할 수 있는 또 한 번의 진화 같은 것이다. 성체에서 또 다른 모습으로 변하는 것이다. 룡룡이도 아마 봄이를 지키기 위해 목숨을 바칠 각오를 하면서 각성하게 된 것 같다.
엘나르와 룡룡이는 빛보다 빠른 속도로 싸웠다. 둘의 싸움은 번쩍이는 빛으로만 보여 아이들은 넋을 놓고 쳐다볼 수밖에 없었다.

"굉장해. 이게 진짜 마법 싸움인가?"
봄이는 하늘을 보며 감탄했다.
"감탄할 시간 없어! 애들아, 우리도 룡룡이를 도와서 엘나르를 물리치자!"
현우가 소리쳤다.

"응!"

엘나르는 룡룡이만 대적하기도 힘들었다. 여기에 저 아이들까지 합세한다면 지난번 엘리오트 때처럼 또 질 수도 있다. 아직은 엘리오트 만큼 마법의 힘을 모으지도 못했다. 그전에 이 싸움을 끝내야 한다.

엘나르는 교복 안에 넣어두었던 악마의 마법서를 꺼냈다. 민규가 소리쳤다.

"애들아, 저거야! 저번에 내가 봤던 그 책!"

아이들의 시선이 엘나르가 꺼내든 책에 쏠렸다.

"저 책을 없애야겠네!"

봄이가 소리쳤다.

크와아앙!!

룡룡이가 뿜어낸 불꽃은 무서운 속도로 엘나르에게 날아갔다. 엘나르는 다급하게 마법 지팡이를 이용해 룡룡이의 불꽃을 피했다. 그리고는 악마의 마법서를 뒤적거렸다. 룡룡이는 자신의 불꽃을 피한 엘나르에게 또 한 번 불꽃을 뿜었다.

"찾았다."

엘나르는 씨익 웃으며 외쳤다.

"Black Hole(블랙홀)!"

엘나르가 마법을 사용하자 세상이 멈춘 것 같았다. 룽룽이가 뿜은 거대한 불꽃과 엘나르가 부딪히기 직전이었다. 하지만 엘나르가 사용한 마법으로 룽룽이의 불꽃이 멈추었다. 룽룽이의 불꽃은 곧 엘나르가 만든 거대한 어둠 속에 빨려 들어갔다.

"저게 뭐야?"

봄이가 외쳤다. 그 말에 지연이가 대답했다.

"나 저거 책에서 본 적 있어."

지연이는 차분히 말을 이었다.

"금지된 흑마법. 1차 마법 전쟁에서 대 흑마법사가 모두를 소리 없이 집어삼켰다던 무시무시한 흑마법. 블랙홀이야!!"

"뭐? 엘나르가 그런 마법을 사용할 줄 안단 말이야?"

"저런 애를 우리가 이길 수 있을까?"

민규와 현우가 걱정했다. 그때 봄이가 큰 소리로 소리쳤다.

"이 사내자식들이 그런 거 가지고 쫄아서 말이야. 우리는 이길 수 있어!"

왠지 모르게 봄이의 모습에서 아름이가 보였다.

"그래, 네 명이 힘을 합하면 충분히 이길 수 있을 거야!"

한계

"헉…. 헉…."
엘나르는 숨이 가빠졌다. 너무 많은 마법의 힘을 사용했다.

후두둑….
피부가 가루가 되어 떨어졌다.
흑마법의 부작용이다. 아직 흑마법을 능수능란하게 다루지
못하는 엘나르는 지금 여기서 흑마법을 멈추지 않으면 목숨
이 위험해진다. 하지만 복수를 위해 멈출 수 없었다.
"아빠의…… 복수를 위해…… 여기서 멈출 수 없어."
엘나르는 쓰러져가는 몸을 이끌고 다시 일어섰다.

"Black Hole!! (블랙홀)"

엘나르는 다시 룽룽이와 아이들을 공격했다. 그러나 마법의 힘이 소진된 엘나르가 쓰러졌다. 그러자 엘나르의 품에 있던 악마의 마법서가 바닥으로 떨어졌다. 바닥에 떨어진 악마의 마법서가 펼쳐졌다. 그러더니 악마의 마법서에서 거대한 악마의 손이 나와 쓰러진 엘나르를 손에 쥐었다.

악마의 손이 엘나르에게 악의 힘을 채워주는 것 같았다. 쓰러져 있던 엘나르가 정신을 차렸다. 그러나 그것은 엘나르가 아닌 것 같았다. 두 눈에는 눈동자가 보이지 않았다. 게다가 엘나르의 머리에는 거대한 악마의 뿔이 돋아났다.

이건 엘나르가 아니라 엘나르의 모습을 한 거대한 악마였다.

"뭐지?"

룽룽이는 다시 한번 아까와는 차원이 다른 크기의 화염을 쏘았다. 그러나 룽룽이의 눈에 아까와 같은 용맹함은 보이지 않았다. 룽룽이의 눈빛은 오히려 공포에 가까웠다.

엘나르가 아이들을 노려보자 등골이 오싹해졌다. 엘나르와 싸우기 위해서는 움직여야 하는데, 몸이 움직이지 않았다. 룽룽이도 마찬가지인 것 같았다. 하지만 룽룽이는 아이들을 보더니 무언가 다짐한 듯 엘나르에게 달려들었다.

크와아앙!!

룡룡이는 입을 크게 벌리고 불꽃을 내뿜으며 빠르고 강하게 엘나르를 향했다.

"룡룡아!"

봄이가 떨어지지 않던 입을 열어 소리쳤다. 룡룡이는 자극을 받은 듯 더 큰 불꽃을 내뿜었다. 룡룡이의 불꽃 공격을 받은 엘나르는 큰 상처를 입었다. 엘나르의 모습에 용기를 얻은 룡룡이는 다시 한번 엘나르를 공격했다.

엘나르는 룡룡이의 공격을 피해 모습을 감췄다. 잠시 후 엘나르가 다시 모습을 드러냈다.

다시 나타난 엘나르는 상처 하나 없는 모습이었다. 엘나르는 룡룡이를 향해 검은 구체를 던졌다. 엘나르가 던진 검은 구체를 맞자 룡룡이는 멀리 날아가 버렸다.

"룡룡아!!"

봄이가 소리쳤지만 쓰러진 룡룡이는 일어나지 못했다. 엘나르가 씨익 웃으며 아이들을 향해 걸어왔다. 모두 공포에 떨었다.

"유일하게 나랑 싸울 수 있던 게 저 동물 자식뿐이었는데. 이젠…… 없네? 크하하하하하!!"

엘나르는 귀가 찢어질 듯한 큰소리로 웃었다.
"내가 무섭나? 내가 두려운가? 그래, 마음껏 공포에 떨어라. 그것이 바로 내 힘이 될 것이다."
엘나르는 아이들에게 말했다. 모두 공포에 질려 움직일 수 없었다. 엘나르는 그 모습이 무척 만족스러웠다.
"진작 그랬으면 악마와 손잡지 않아도 되었잖아."
엘나르의 얼굴은 악마 그 자체였다.

룡룡이가 쓰러진 몸을 일으켜 세우려 하자 엘나르는 룡룡이를 향해 검은 구체를 여러 개 만들었다. 룡룡이는 그 검은 구체를 맞고 쓰러졌다. 쓰러진 룡룡이 몸에서 불꽃이 점점 사그라들고 있었다. 생명이 점점 다하고 있다. 봄이는 룡룡이에게 가서 돕고 싶었지만, 공포 때문에 꼼짝도 할 수 없었다. 봄이는 분해서 눈물만 흘렸다.

엘나르는 장난처럼 작은 검은 구체를 만들어 봄이에게 던졌다.

이제 봄이를 위해 엘나르를 막아줄 사람은 없다. 룽룽이도 쓰러졌다. 봄이는 절망에 빠졌다. 봄이는 검은 구체를 그대로 맞을 요량이었다. 자신을 향해 날아오는 검은 구체를 보고 눈을 꼭 감았다. 두 눈에서 눈물이 흘렀다.

"안 돼!!"

누군가 소리를 치며 검은 구체를 막아섰다.

민규였다.

민규는 꿈에서 아름이가 얘기해준 말이 떠올랐다.

"민규야! 일어나면 손바닥을 꼭 봐!"

민규는 검은 구체 쪽으로 달려 나갔다.

"민규야! 안 돼!"

봄이가 소리쳤다.

'무섭다. 죽고 싶지 않아. 하지만 아름이가 모두를……, 봄이를 지켜달라고 했어!'

"Barrier(배리어)!!"

민규가 손바닥을 펼치며 손바닥에 새겨져 있던 마법을 외쳤다. 민규의 손바닥에서 푸른빛이 나왔다. 그 빛은 엘나르가 사용했던 것보다 훨씬 크고, 단단한 보호막이 되었다.

엘나르가 날린 검은 구체가 민규가 사용한 보호 마법과 부딪혔다. 그 순간, 엘나르의 검은 구체가 산산조각이 났다.

화가 난 엘나르는 거대한 검은 구체를 사용했지만, 민규의 보호 마법을 뚫지 못했다.

"뭐야? 왜 이렇게 강해진 거지? 그렇다면 어쩔 수 없군!"

화가 난 엘나르는 블랙홀 마법을 사용했다.

"Black Hole!!(블랙홀)"

블랙홀이 보호 마법과 부딪치자 강한 빛을 내며 대치했다.

보호 마법을 사용하던 민규는 그 충격을 온몸으로 느꼈다.

"으......으윽!"

그래도 친구들을 위해 물러설 수 없었다. 엘나르는 보호 마법을 향해 블랙홀과 검은 구체 마법을 함께 사용했다.

그 힘에 민규가 뒤로 밀렸다.

그때 누군가 뒤에서 민규의 마법 지팡이에 힘을 불어넣어 주었다.

설마...... 아름인가?

민규는 쓰러질 것 같았지만 아름이의 도움으로 버텨냈다.

"으아아아아악!!!"

민규는 포효했다.

민규의 배리어는 엘나르의 블랙홀과 검은 구체를 다 폭발시켰다. 엘나르는 마법의 힘이 소진되었는지 다시 사라졌다.

엘나르가 사라지자 아이들은 민규에게 달려갔다.

"민규야!!"

"으……응."

"괜찮아?"

"나는……ㄱ……괜……찮아. 그것보다 아직…… 싸움……안…… 끝났어. 집중ㅎ…….."

민규가 쓰러졌다. 가쁜 숨을 내쉬는 민규가 걱정됐지만, 민규 말대로 아직 싸움은 끝나지 않았다.

"그런데 우리끼리 뭘 어떻게 하지?"

지연이는 혼란스러웠다. 하지만 찬찬히 해결 방법을 생각했다. 현우도, 민규도 꿈에서 만난 아름이가 알려준 마법을 사용했다. 그렇다면 나도? 지연이는 자기 손바닥을 펼쳐보았다.

지연이의 손바닥에 적힌 주문은 처음 보는 마법 주문이었다.

"Shofar(쇼파르)..?

옆에서 보던 봄이가 말했다.

"뭔지 모르니깐 일단 써보자!"

그때 다시 엘나르가 나타났다. 역시 아까처럼 상처 하나 없는 모습이었다. 그런데 이번에는 혼자가 아니었다.

"어? 저 사람은?"

슈퍼마켓 아저씨였다. 분명 김혜림 선생님이 흑마법을 사용해서 처리했는데?

엘나르의 짓이었다. 자신의 오랜 심복인 슈퍼마켓 아저씨를 흑마법을 이용해서 다시 원래 모습으로 되돌려 놓은 것이다. 엘나르 하나도 벅찬데, 슈퍼마켓 아저씨까지 상대하기는 무리였다.

아이들은 마음이 더욱 조급해졌다.

"에잇 모르겠다!! Shofar(쇼파르)!"

지연이의 손바닥에서 빛이 났다.

"으윽!"

눈 부신 빛이 엘나르의 눈을 가렸다. 하지만 아무 일도 일어나지 않았다.

"뭐야? 그냥 장난이었어? 이제 진짜 끝내 주지."
"도대체 이건 무슨 마법이야."
"그러니까 아, 진짜 어떡하지?"
아이들은 어쩔 줄 몰라 발만 동동 굴렀다.

그때였다.

전쟁

뿌우우웅!!!

갑자기 뿔피리 소리가 났다.
"이게 무슨 소리야?"
낯선 소리에 귀를 막았다. 땅이 울리며 갈라지더니 그 안
에서 무언가 거대한 것이 솟아올랐다.

크르르르!

"저…… 저건."
"전설의 동물 중 하나인 이무기야!!"
지연이는 자기 손바닥에서 빛나는 글자를 보았다.

그때 하늘에서 불꽃으로 된 붉은 깃털이 떨어졌다.

"피닉스야!!"

전설의 동물인 피닉스였다.

그뿐 아니었다. 은색의 빛을 내는 꼬리가 아홉인 구미호, 오색찬란한 화려한 털에 사슴의 몸과 소의 꼬리를 가진 기린, 이마에 마법의 뿔을 가진 하얀 유니콘, 선과 악을 구분해 악인을 물어뜯는다는 해태, 태양을 섬기는 발이 셋이라는 삼족오, 독수리의 상반신과 사자의 하반신을 가진 그리폰, 날개 달린 말인 페가수스, 물과 비를 관장하는 무지개 뱀 등 이름을 들어봤음 직한 전설의 동물들이 모두 모였다.

뿔피리는 이 전설의 동물들을 부르는 소리였다.

"이, 이게 뭐야?"

엘나르는 당황했다. 한 마리만 있어도 상대하기 버거운 전설의 동물들이 하늘과 땅을 가득 채웠으니 당황할 수밖에 없었을 것이다. 엘나르와 심복인 슈퍼마켓 아저씨 둘이서는 전설의 동물들을 이길 수 없을 것 같았다.

엘나르는 악마의 마법서를 펼쳐 금지된 마법 중 하나인 어둠의 사역마를 소환했다. 악마의 마법서에 절대적 주종관계

를 맺은 어둠의 사역마는 거침이 없어 매우 위험한 존재이
다.

"Summons(소환)!"

사역마가 사방의 그늘에서 쏟아져 나왔다. 사역마의 그림
자가 닿은 곳은 생명이 모두 사라졌다. 그것이 끝이 아니었
다. 사역마의 뒤를 이어 땅에서 좀비와 스켈레톤, 구울이 차
례로 튀어나왔다. 슈퍼마켓 아저씨가 앞에서 이 악마들을 이
끌었다.

곧 마지막 결전이 시작될 것이다.

"자!!! 가자!!!"

봄이가 소리치자 전설의 동물들이 포효했다. 전설의 동물
들은 엘나르 무리를 향해 돌격했다.

하늘에 있는 피닉스, 삼족오, 그리폰이 사역마를 향해 불을
뿜었다. 사역마는 이미 한번 죽은 육체였다. 성스러운 불꽃을
뿜는 이들의 불꽃을 견딜 수 없었다. 그러나 사역마는 끝없
이 나타났다.

"룡룡아. 괜찮아??"

봄이는 룡룡이에게 달려갔다.

끼잉…. 끼…. 잉….

룡룡이는 원래의 모습으로 작아져 있었다. 봄이는 룡룡이
를 꼬옥 안아주었다.

다그닥, 다그닥

사슴같이 생긴 동물이 봄이에게 다가왔다.

'누군가가 쓰러져 있군.'

봄이 머릿속에 목소리가 들렸다. 눈앞의 동물이 말하는 듯
싶었다. 사슴의 발이 황폐해진 땅에 닿자 꽃이 피고, 초록색
싹이 돋아났다. 사슴의 발이 닿는 곳마다 땅이 다시 살아나
고 있었다.

'그 샐러맨더는 너를 섬기는 것인가? 샐러맨더를 내 앞에
눕히도록 하여라.'

신성한 목소리를 따라야 할 것 같았다.

'쓰러진 아이도 이쪽에 눕히도록 하여라.'

봄이는 민규를 룡룡이 옆에 눕혔다. 그 동물은 민규와 룡
룡이 앞에 서서 둘을 내려다보았다.

잠시 후 뿔에서 환한 빛이 났다. 룡룡이와 민규를 중심으
로 바닥에서 꽃이 피고 싹이 자랐다. 그 꽃과 싹이 민규와

룡룡이를 감쌌다. 꽃과 싹이 닿은 곳의 상처가 나았다. 보건 선생님의 회복 마법과 비슷했지만, 훨씬 강한 마법의 힘이었다.

'상처는 치료해 두었다. 깨어나는 건 시간이 조금 더 걸릴 것이다.'

봄이는 고개를 끄덕였다.

"혹시…… 엘나르는 왜 저렇게 된 건가요?"

'엘나르라니…. 아 저 악마 아이를 말하는 건가…. 아마 금지된 마법을 많이 사용해서 영혼에 악마의 힘이 깃든 것 같구나.'

"혹시…… 원래대로 돌아갈 수 있나요?"

'음. 나의 정화 마법으로 가능하다만…… 그럴 필요가 있느냐? 저 존재는 이미 악한 힘에 물들어 있는데.'

"제 친구예요. 원래 나쁜 아이는 아니에요. 오해가 있었어요. 진심을 전하고 싶어요."

'알겠다. 그러기 위해서는 저 아이를 기절시켜야 한다. 악마의 기운이 활개 치는 동안은 정화 마법을 사용하기 힘들다. 나는 공격 마법을 사용할 수 없다. 그건 너희 인간들 몫이다.'

봄이는 대답 대신 고개를 끄덕였다.

봄이는 쓰러진 민규와 룡룡이를 한번 보고 마법 지팡이를 쥔 손에 힘을 주었다. 그리고 현우와 지연이 곁으로 뛰어갔다.

"애들아 좀 어때?"
"지금 전설의 동물들이 선전하고 있기는 한데…… 아직 아까랑 비슷해."
"방금 사슴같이 생긴 동물한테 들었는데 엘나르, 정화 마법으로 되돌릴 수 있대. 엘나르를 기절시키면 된대."
"근데…… 우리가 쟤를 도와야 할까? 너 위험하게만 하고."
"사실……"
봄이는 엘나르의 존재에 대해 이야기했다.
"그게…… 진짜야?"
"그럼 도와야겠네. 이야기할 게 많겠어."
"모두 힘을 모으자! 우리 목표는 엘나르 구하기!"
모두 손을 모았다. 세 명뿐이지만 민규와 아름이도 함께 하는 느낌이 들었다.

봄이는 사역마에게 공격 마법을 사용했다. 전설의 동물보다 느렸지만 사역마를 쓰러뜨렸다. 그때 말 한 마리가 봄이 앞에 멈춰 섰다.

'어이, 인간. 내 위에 타라!'

붉은 털의 말이었다.

"적토마?"

여포의 말인 적토마였다.

온몸이 핏빛 같은 선홍색이고, 말갈기가 불타는 것 같아서 적토마(赤兎馬)라 불리는 말이다. 적토마는 강물을 만나면 평지처럼 건널 수 있으며 800여 근의 짐을 지고 낮에는 천 리, 밤에는 팔백 리를 갈 수 있다는 전설의 말이다.

봄이는 말 위에 올라탔다. 훨씬 속도가 빨라졌다. 그러나 이 전쟁은 끝날 기미가 보이지 않았다.

그때 봄이에게 소리가 들렸다.

'이봐, 인간. 더 놔두면 진짜 악마가 될 거다.'

아까 그 사슴이었다.

엘나르의 상태가 좋지 않았다. 엘나르의 이마에 있는 붉은 뿔의 형상이 점점 커지고 있었다. 엘나르의 등에도 붉은 날개 형상이 점점 커지고 있었다. 책에서 보았던 악마와 거의 비슷했다. 엘나르를 그대로 두면 안 된다.

"적토마!"

'왜 그러지, 인간?'

"혹시 저 애 쪽으로 나를 데려다줄 수 있을까?"

'미쳤나, 인간?! 저건 악마다. 나약한 인간 따위가 싸워 이길 존재가 아니라고! 게다가 가까이 가면 저 악마에게 너의 영혼이 흡수될 수도 있다. 너무 위험하다.'

적토마가 화를 내며 거절했다.

그때 그리폰이 다가왔다.

'내가 데려다주지. 나는 용감한 인간을 좋아한다. 나와 함께 싸우자, 인간.'

악마와 대적하려는 봄이의 용감함과 대담함이 그리폰의 마음을 움직였다. 그리폰은 금세 엘나르 앞에 도착했다. 엘나르는 봄이에게 검은 구체를 마구 날려댔다. 그리폰은 검은 구체를 모두 피했다.

"엘나르! 나는 널 구할 거야!"

"어림도 없는 소리 하지 마!! 난 너희를 모조리 없애 버릴 거라고!"

봄이는 마음이 아팠다. 의지할 곳 없이 혼자 얼마나 외로웠을까. 엘나르의 외로움과 슬픔이 봄이에게도 전해지는 것 같았다. 봄이는 엘나르를 꼭 구하겠다고 결심했다.

"Fire Ball(화염구)!"

엘나르는 봄이의 마법을 피하지 않고 정면으로 받았다. 그러더니 손을 살짝 까딱하고 봄이의 마법을 튕겨버렸다.

그 모습을 본 그리폰이 봄이를 돕기 위해 날개로 칼바람을 만들었다. 그리폰의 칼바람을 피하려고 엘나르는 거대한 날개로 몸을 감쌌다. 둘의 힘은 우위를 정할 수 없을 만큼 막강했다. 그러나 그리폰의 힘이 좀 더 강했다. 그리폰의 칼바람이 엘나르의 날개를 찢었다.

"지금이야!!"

그리폰과 봄이는 그 틈을 타서 공격했다. 엘나르는 자신을 보호하던 날개가 찢어지자 힘이 급격히 줄어들었다.

"크흑. 나는 쓰러지지 않ㅇ……."

엘나르는 고개를 들어 올렸다.

그때 엘나르의 앞에 믿을 수 없는 광경이 펼쳐졌다.

"아, 아빠?"

"그래. 엘나르."

"아빠. 저 아빠의 복수 중이에요. 이제 거의 다 됐어요. 조금만 기다리세요."

"엘나르. 이제 그만해도 돼. 나는 괜찮아."

"그래도. 저 녀석들은 아빠를 죽였다고요!"

엘나르는 울분을 토했다.

"나는 사라졌지만, 네가 태어났잖아."

엘리오트는 엘나르를 꼬옥 안아주었다.

"아……빠……."

엘나르는 아빠의 품에서 한참 동안 울었다. 엘나르의 뿔과 날개가 점점 작아졌다.

"Shock(충격)."

엘리오트는 엘나르에게 마법을 사용했다. 엘나르는 그대로 쓰러졌다. 엘리오트는 엘나르를 안아주었다.

"휴우. 진짜 큰일 나는 줄 알았네."

쓰러진 엘나르를 안고 있는 건 봄이었다. 봄이가 엘리오트로 변신한 것이다.

'인간, 너 배짱 한번 두둑하구나. 악마와 직접 접촉하다니.'

봄이는 멋쩍게 웃었다.

'나는 너의 그런 모습에 힘을 빌려준 것이지. 자, 이제 가자.'

그리폰과 봄이는 쓰러진 엘나르를 사슴에게 데려갔다.

"내 마법이 엘나르에 비해 약해서 걱정했는데, 다행이야."

'악마의 마음에 변화가 생겨서 마법 저항력이 낮아진 것 같다. 변신 마법으로 상대의 마음을 약화시키다니. 제법인데, 인간?'

봄이는 전설의 동물에게 칭찬을 받아 기뻤다.

'인간, 성공했구나.'

"당연하지! 날 뭐로 보고!"

봄이는 우쭐해 하며 엘나르를 룡룡이와 민규 옆에 눕혔다. 아까와 같이 환한 빛과 꽃들이 엘나르를 감싸자 엘나르의 붉은 날개와 뿔이 완전히 사라졌다. 처음 보았던 엘나르의 모습으로 돌아왔다.

엘나르가 원래 모습으로 돌아오자 숲에 어둠이 물러나고, 환한 빛이 비쳤다. 숲이 밝아지자 엘나르가 소환했던 어둠의 사역마와 괴물들은 재가 되어 사라졌다.

전설의 동물들은 여전히 아이들의 곁에 있었다.

"이 동물들은 어떻게 하지?"

"원래 왔던 곳으로 돌아가면 안 되나?"

"그건 힘들 거야. 우리의 마법으로 소환한 거라. 다시 되돌려 보내는 마법을 모르잖아."

"우리가 책임져야겠네."

"그러게. 어쩌지?"

아이들이 머리를 맞대고 의논하고 있을 때, 갑자기 봄이가 외쳤다.

"애들아, 걱정하지 마. 내가 있잖아."

또 다른 친구

"으윽.."

눈을 뜨니 낯선 천장이 보였다.

"여기는…… 어디지??."

아픈 몸을 일으켜 세웠다. 그 순간 머리가 깨질 듯 아팠다.

"윽!!"

머릿속이 복잡했다. 정리되지 않은 기억이 마구잡이로 떠올랐다.

"이게…… 뭐지?"

숲에서의 기억이 떠올랐다. 엘나르는 아이들과 싸우고 있었다.

나는 왜 저 아이들과 싸우고 있었지?

그런데 가장 놀라운 것은 자기 모습이었다. 기괴하기 그지
없었다. 악마의 뿔과 날개, 게다가 무자비할 정도의 마법의
힘.

이것은 사람의 모습이 아니다. 나는 원래 이런 아이가 아
닌데?

"으윽."

옆에서 누군가의 소리가 들렸다. 옆의 침대에도 누군가가 누워 있었다. 엘나르는 소리가 나는 쪽으로 고개를 돌렸다.

"여기는…… 어디지?"

저 아이는 아까 떠오른 기억 속에서 나와 싸웠던 아이다. 그 남자아이가 몸을 일으켰다. 엘나르는 그 남자아이를 멍하니 바라보았다. 누군가 자신을 바라보는 시선을 느끼고 그 남자아이는 고개를 돌렸다. 둘의 눈이 마주쳤다.

정적이 흘렀다.

"으악!! 뭐야!"

민규가 놀라며 소리를 질렀다.

엘나르가 옆에 있다니. 민규는 마법 지팡이를 찾기 위해 서둘러 자기 몸을 더듬었지만, 마법 지팡이는 보이지 않았다. 이렇게 되면 몸으로 싸우는 수밖에. 민규는 엘나르를 향해 복싱 자세를 취했다.

"저……저번에는 쓰러졌지만, 이번에는 안 봐줘!"

민규가 더듬으며 말했지만, 민규의 주먹에는 힘이 하나도 실려 있지 않았다.

"풉!!"

엘나르는 자신도 모르게 웃었다. 민규의 모습이 재미있어 보여 살짝 장난을 쳤다. 엘나르는 씨익 웃으며 검은 구체를 만들어 쏘는 시늉을 했다.

"아아아악!!!"

민규는 깜짝 놀라 비명을 지르며 고개를 숙였다.

그때 병실 문이 열렸다.

"뭐야, 둘 다 일어났구나!"

봄이, 현우, 그리고 지연이가 병실에 들어왔다.

"어? 민규 너 왜 그러고 있냐?"

민규의 이야기를 들은 아이들은 한참 동안 깔깔거리며 웃었다.

봄이는 옆에서 의자를 하나 가지고 와서 엘나르와 민규 사이에 앉아 민규가 쓰러진 이후에 있었던 이야기들을 들려주었다. 민규는 봄이의 이야기가 믿기지 않았다.

이야기를 듣던 민규가 불안한 표정으로 물었다.

"그래서…… 이제 다 끝난 거지?"

"그럼, 당연히 다 끝났지! 그러니까 모두 이렇게 모여 있는 거 아니겠어?"

봄이가 호탕하게 웃었다. 지연이가 민규를 보며 말했다.

"민규야."

"응?"

"있지…… 너 마법 쓸 때 진짜 멋있었어……."

"아. 그때 진짜 무서웠는데……. 근데 아름이가 돕는 기분이 들더라고. 아름이와 너희들이 있어서 저 애를 막을 수 있었던 거 같아."

아름이 이야기가 나오자 모두 조용해졌다.

"그러고 보니 아름이가 이번에도 우리를 많이 도왔구나."

"응, 그러게. 아름이가 아니었으면 이기지 못했을 거야."

"아름이는 아직도 우리를 돕는구나."

분위기가 숙연해졌다.

"흠흠."

괜히 무안해진 엘나르가 헛기침을 했다. 봄이가 엘나르의 두 손을 잡았다.

"너도 고생 많았겠다."

그 말을 듣자 엘나르는 갑자기 눈물이 차올랐다.

그 모습을 보고 있던 지연이는 아름이의 무덤에 처음 갔던 날이 생각났다. 그날 현우와 민규가 늦게 와서 봄이와 지연이는 놀이터에서 그네를 타고 있었는데, 봄이가 지연이에게도 비슷하게 말했다. 그때 나도 그 말을 듣고 위안을 느꼈는데.

아름이 이야기가 나온 김에 엘나르에게 아름이에 관한 이야기를 들려주었다. 아름이의 이야기는 오랜만에 듣는, 하지만 잊을 수 없는 이야기이다.

"우리 친구 중에 아름이라는 아이가 있었어."

봄이는 침착하게 이야기를 이어 나갔다.

"근데 걔가 갑자기 죽었어. 우리는 그 죽음에 대해 알기 위해서 엄청나게 노력했다?"

죽음이라는 단어는 누구에게나 무겁다. 엘나르도 반응은 보이지 않았지만 죽음에 대해 생각하는 듯 보였다.

"알고 보니까 아름이가 학교의 비밀, 그것도 아주 중요한 비밀을 들었더라고. 그런데 그걸 숨기려고 학교 선생님들이 아름이를 괴롭혔어. 결국 아름이는······."

봄이는 말을 잇지 못했다. 다른 아이들도 마찬가지였다.

한참 후 진정이 되었는지 봄이는 말을 이었다.

"……그래서 우리는 학교 선생님들과 싸웠어, 그런데 그 중심에 바로 너희 아버지, 교장 선생님이 있었어. 그래서 어쩔 수 없이……."

엘나르의 표정이 흔들렸다.

"아버지를 잃은 너의 슬픔도 이해하지만, 학교의 비리를 그대로 묻어버릴 수는 없었어……."

엘나르는 더 이상 봄이의 이야기를 들을 수 없었다.

자신의 기억에서 아름이는 배신자였는데, 자신이 알고 있던 것과 진실은 너무나 달랐다. 엘나르는 혼란스러웠다.

엘나르가 자리에서 벌떡 일어서더니 비척비척 문 쪽으로 향했다. 엘나르가 문을 열고 밖으로 나가려고 손잡이를 잡았다. 그 순간, 봄이가 뒤에서 엘나르를 안았다.

"엘나르. 네 마음 이해해. 나도 우리 아빠가 죽으면 너무 슬플 것 같아. 우리한테 복수하고 싶은 마음도 당연해. 근데…… 모두 잊고 우리랑 다시 시작하는 건 어떨까? 친구로……."

지연이, 민규, 현우도 엘나르 곁으로 다가왔다. 엘나르는 뒤를 돌아 자신을 안고 있는 봄이와 다른 아이들을 보았다.

"우리는…… 서로 악연이었어. 그래도…… 친구로 지낼 수
있을까? 나를…… 친구로 받아줄 수 있어?"

봄이를 바라보며 말하는 엘나르의 목소리가 떨렸다. 봄이
는 엘나르를 가만히 바라보며 미소 지었다.

"그럼! 당연하지!"

봄이는 엘나르를 꽈악 껴안았다. 엘나르도 봄이를 껴안았
다. 현우도, 지연이도, 민규도 두 사람을 환하게 웃으며 바라
보았다.

"우리도! 우리도 끼워줘!"

"악! 비좁잖아. 저리로 좀 가."

"뭐, 더 붙어야지!"

"더워. 우리 좀 떨어지자니까?"

"싫다니까, 난 더 붙어있고 싶다니까?"

"히히. 난 우리가 친구라서 너무 좋아."

그렇게 새롭게 오 총사가 탄생했다.

갈 곳 잃은 동물들

"엄마~ 나 왔어!"

봄이가 웃으며 집으로 들어왔다.

"봄이 왔어?"

"엄마……"

봄이는 무언가 할 말이 있는 듯 엄마 주변을 맴돌았다. 눈치 빠른 엄마가 눈치채지 못했을 리가 없다.

"왜? 무슨 일이야?"

"그게…….."

봄이는 온몸을 배배 꼬며 망설였다.

"너 또 무슨 사고 쳤구나? 그냥 빨리 말해. 매도 먼저 맞는 게 낫다고 나중에 아는 것보다 지금 아는 게 낫겠다."

"엄마, 그러면 여기 잠깐 앉아서 나랑 얘기해요!"

봄이는 식탁 의자를 빼서 엄마를 앉혔다. 엄마는 의심스러운 눈초리로 봄이를 바라보았다.

"도대체 무슨 얘기를 하려고 이렇게 친절하실까?"

봄이는 숨을 한번 크게 쉬었다.

"엄마, 화내지 말고 잘 들어봐요. 내가 저번에 도마뱀을 데리고 왔잖아요."

"그랬지."

"그런데…… 어……."

호기롭게 말문을 뗀 것 치고 봄이는 주저주저하며 말했다. 엄마는 팔짱을 끼고 눈을 가늘게 뜨고 봄이를 노려보며 재촉했다.

"뭔데? 빨리 말해."

"어……. 그…… 내가…… 그 도마뱀도 있고, 도마뱀 친구들도 알게 되었는데……."

"……그래서?"

엄마의 눈동자가 흔들렸다.

"그 친구들이 갈 곳이 없어요. 도마뱀이랑 친구들이 우리 집에 와서 살아도 될까요? 허락해주실 거죠? 아, 몰라. 엄마 이것 봐주세요."

봄이는 현관으로 달려가 현관문을 활짝 열었다.

봄이를 따라 현관 밖을 본 엄마는 입을 다물지 못했다. 처음 보는 낯선 동물들이 마당을 가득 채우고 있었다. 엄마는 한참 동안 움직이지 못했다. 봄이가 엄마의 표정을 보고 재빨리 말했다.

"엄마, 내가 열심히 할게. 응? 여름이 때는 내가 너무 무심했던 것 같아. 인정해. 그런데 나 이제 달라졌어요. 이번에는 진짜 잘 할 수 있다니까요. 그리고 내가 요즘 여름이도 얼마나 잘 챙겼는데, 그치 여름아?"

봄이는 평소 사용하지도 않던 높임말을 쓰면서 엄마를 설득하려 애썼다. 엄마를 따라와서 엄마처럼 멍하니 현관을 보고 있던 여름이가 자신의 이름이 불리자 정신을 차리고 소리를 내었다.

"애오오옹."

"봐요. 여름이도 동의하잖아요."

"아니, 아니, 잠깐만, 봄아."

"엄마, 그리고요, 애네는 숫자도 많아서 내 책임감도 그만큼 늘어나서요……."

"봄아?"

허락을 안 해 줄까 불안해서 말을 계속하는 봄이를, 엄마가 불렀다. 엄마가 부르는 소리에 봄이는 긴장했다.

"안 돼. 한 마리도 아니고, 이게 대체 몇 마리야? 절대 허락할 수 없어."

"엄마, 제발……. 내가 진짜 잘 키울 수 있어. 한 번만."

봄이가 애걸복걸했지만, 엄마는 완강했다.

"네가 나가든지 저 동물들을 쫓든지 둘 중 하나를 선택해. 그전에는 집에 들어올 생각도 하지 마!"

쾅!!

엄마는 안방 문을 세게 닫고 들어가 버렸다. 봄이의 어깨가 추욱 처졌다.

"……룡룡아, 우리 어쩌지?"

룡룡이는 그르렁대기만 했다. 그런 룡룡이를 바라보며 봄이가 한숨을 작게 쉬었다.

하지만 봄이는 봄이였다. 절대 전설의 동물들을 키우는 것을 포기하지 않았다.

얼마나 엄마를 졸랐는지 엄마가 두손 두발을 다 들었다는 듯 말했다,

"하. 말 안 듣는 내 자식을 어쩌할까……. 누굴 닮아 이리 고집이 센 건지……."

엄마는 마지못해 그 동물들을 키우는 것을 허락했다. 엄마 뒤에서 룽룽이가 작게 크악-거렸다.

"대신 네가 다 돌본다고 약속해. 엄마는 절대 관여하지 않을 거야."

"당연하죠! 제가 다 돌볼게요. 사랑해요."

"야!! 으악!!! 안 돼!!! 그거 내려놔, 절대 안 돼!!!"

어디서 가져온 건지 룽룽이는 쥐 한 마리를 입에 문 채 온 마당을 돌아다녔다. 봄이는 룽룽이를 따라다니며 쥐를 뺏으려고 안간힘을 쓰고 있었다.

룽룽이 뿐만이 아니었다. 전설의 동물 중 어떤 동물들은 이상한 다른 동물들을 물고 오기도 하고, 어떤 동물들은 엄마가 아끼는 화분의 식물들을 다 먹어버리기도 하는 등 매일 사건·사고가 이어졌다.

그뿐만이 아니었다.

다들 먹는 것도 다르고, 취향도 다 달라서 봄이 혼자 동물들을 돌보기에는 벅찼다. 엄마에게 큰소리를 떵떵 쳤지만 봄이는 지쳤다. 봄이는 엄마에게 SOS의 눈빛을 보냈지만, 엄마는 그것 보라는 듯 팔짱을 끼고 미소만 지었다.

"봄아!"

"현우야! 오랜만이야!"

"잘 지냈어? 좀 야윈 것 같은데."

"티 나? 나 요즘 너무 힘들어."

엘나르와의 전투 이후 오랜만의 상봉이었다.

"어후, 커플. 떨어져라, 떨어져."

"오랜만이야. 얘들아. 다들 몸은 좀 어때?"

"김민규, 넌 왜 맨날 그렇게 까칠하게 구냐? 그러니까 친구가 없는 거야."

"뭐래, 자기도 우리 빼면 친구 없으면서."

봄이와 민규는 또 으르렁거리기 시작했다.

"싸우지들 말고. 동물들은 잘 지내고 있어?"

지연이의 말에 봄이가 심각한 표정으로 말했다.

"엄마의 허락이 문제가 아니었어. 제일 큰 문제가 있어."

"무슨 문제?"

"룽룽이도 그렇고, 다른 동물들도 너무 커서…… 우리 집에서 살기에 너무 좁아."

"그러게……. 그렇겠다."

"엄마는 내가 다 책임지기로 했다면서 신경도 안 쓰고, 먹기는 또 어찌나 많이 먹는지……. 먹이 챙기는 걸로 하루가 다 가는 것 같아."

"근데 샐러맨더 먹이는 뭐냐?"

"곤충인 것 같긴 한데, 아무거나 다 잘 먹어."

"그럼 다른 동물들은?"

"하아. 말은 건초를 먹고, 새들은 곤충을 먹고…… 먹는 게 다 달라."

"봄이가 고생이 많구나."

"나 혼자 동물들을 돌보기에는 한계가 있어. 너희들도 좀 도와줄래?"

"그래, 우리가 다 같이 소환한 동물들이니."

현우는 봄이가 제일 좋아하는 망고 스무디를 주문했다.

"망고 스무디 먹으면서 스트레스를 날려버려."

"그래. 나 오늘 너희 만나서 스트레스 좀 풀고 가야겠어."

"엄마는 뭐라고 하시지 않아?"

"차라리 뭐라고 야단을 치거나 하면 어떻게 해보겠는데 ……. 아무 말도 안 하고 웃고만 있어."

다른 아이들도 봄이를 돕고 싶었지만, 아파트에 살고 있어서 동물을 키울 수가 없었다. 할 수 있는 거라곤 봄이를 위로하는 것뿐이었다.

봄이는 오랜만에 친구들을 만나 이야기를 더 나누고 싶었지만, 걱정이 되어 오래 앉아있을 수가 없었다.

"고마워, 애들아. 나 갈게. 이 녀석들이 또 사고를 치고 있을까 봐 걱정된다."

봄이가 일어나자 현우가 따라 일어섰다.

"내가 데려다줄게."

"고마워."

민규가 현우에게 말했다.

"야, 이현우. 네 여친 요새 힘들어 보이는데, 펫시터 라도 구해주는 건 어때?"

"저런 애들을 돌봐줄 사람이 있긴 하냐?"

그 순간 모두 한 사람을 떠올렸다.

해피 엔딩

"그러니까, 나보고 전설의 동물들을 키워달라는 거야?"
엘나르가 당황스러운 목소리로 물었다.

봄이를 포함한 4명의 아이가 반짝거리는 눈으로 엘나르를
쳐다보았다.
엘나르는 고민하는 듯했다.
"근데…… 나도 저런 동물들을 키워본 적이 없어서……."
망설이는 엘나르에게 봄이가 큰 소리로 말했다.
"아니야. 내가 자주 와서 쟤들을 돌볼게! 너 혼자 돌보라는
이야기가 절대 아니야. 애들도 자주 와서 돌볼 거고! 너는
신경 안 써도 돼!! 그렇지, 그렇지?"
봄이는 나머지 세 명에게 눈치를 주면서 대답을 강요했다.

"맞아. 우리가 함께 돌볼게."

"음……. 마땅한 공간도 없고, 키워본 경험도 없는 내가 과연 이 동물들을 잘 키울 수 있을까?"

"숲!! 숲이 있잖아! 쟤들도 동물인데 숲에서 옹기종기 잘 살겠지! 공간만 있다면야! 그냥 저 숲만 빌려주면 돼!! 제발…… 너마저 안 된다고 하면 나한텐 희망이 없어."

애원하는 봄이를 보며 엘나르는 자신도 모르게 쿡 웃었다.

사실 엘나르도 외로웠다. 누군가 함께 있으면 좋겠다고 생각했다. 다른 아이들이 동물을 키우는 이야기를 들으며 자신도 동물을 키워보고 싶었다. 하지만 생명을 데려오는 일이기에 자신이 생명을 책임을 질 수 있을지 걱정이 되어 동물을 키우지 않았다. 봄이의 표정을 보고 거절하기 어려웠지만, 선뜻 동물들을 키우겠다는 말도 나오지 않았다.

"그런데 숲? 숲이라니?"

"…… 너 저번에 우리랑 싸웠을 때 쓰던 그 숲 말이야."

민규가 떠올리기 싫은 기억을 조심스럽게 꺼냈다. 민규의 말에 엘나르도 기억을 더듬었다. 엘나르도 그날의 기억은 떠올리고 싶지 않을 것 같다. 엘나르는 한참 생각했다.

"아, 그 숲을 말하는 거야?"

엘나르는 드디어 기억해낸 듯 살짝 상기된 목소리로 말했다.

봄이의 표정이 한결 밝아졌다.

"응, 그 숲! 그 숲 정도면 저 동물들도 다 살 수 있지 않을까?"

봄이가 기대에 가득 찬 얼굴로 엘나르를 바라보았다. 엘나르는 부담스러운 표정으로 봄이의 시선을 피하며 고개를 끄덕였다.

"꺅!!! 만세! 고마워!!"

봄이는 엘나르를 꽉 껴안았다. 엘나르의 얼굴이 터질 듯 빨개졌다. 봄이는 그러거나 말거나 엘나르의 뺨에 자기 얼굴을 마구 비벼댔다.

"엘나르 고마워. 정말정말 사랑해."

"야, 그러다가 엘나르 터지겠다."

"앗! 미안해. 내가 너무 좋아서 말이야."

봄이는 깜짝 놀란 듯 엘나르를 껴안았던 손을 풀었다. 봄이가 손을 풀자 엘나르는 괜히 아쉬운 마음이 들었다.

"엄마!"

봄이가 큰 소리로 엄마를 불렀다.

"어휴, 왜 그리 크게 소리를 질러. 놀랐잖아."

"헤헤. 엄마! 이제 걱정하지 마! 나 동물들을 돌봐줄 사람을 구했어!"

"언제는 자기가 잘 키울 거라더니. 막상 키워보니 만만치 않지?"

"……응. 역시 사람은 엄마 말을 잘 들어야 해."

똑똑―

문밖에서 다른 친구들의 목소리가 들렸다.

"봄아. 애들 다 모아놨어. 너만 오면 돼!"

"동물들이 떠난다고 하니까 시원섭섭하네. 얼른 가봐. 엄마는 안 도와줄 거다?"

"알았어. 갔다 올게. 엄마, 너무 사랑해."

허겁지겁 신발을 신고 달려 나가던 봄이는 다시 돌아와서 엄마를 꼭 껴안고 엄마의 뺨에 뽀뽀했다. 그러더니 다시 신발을 신고 집 밖으로 나갔다.

"봄아, 너 신발 짝짝이야."

지연이의 말에 신발을 보니 짝짝이로 신고 있었다. 얼마나 설레는지 신발에 신경도 안 썼나 보다. 봄이는 다시 들어가서 신발을 갈아 신었다.

"하하, 너무 지체됐네. 가자!"

동물들을 진두지휘하는 룡룡이를 따라 숲으로 들어갔다. 동물들과 아이들이 숲으로 가는 모습은 신기한 구경거리였다. 사람들은 전설의 동물들이 신기해서 휴대전화로 동물들의 사진을 찍었지만, 동물들의 모습은 찍히지 않았다. 분명 눈앞에 보이는 동물인데 사진은 찍히지 않다니 사람들은 웅성거리며 동물들을 따라갔다.

그 상황이 부끄러웠던 엘나르는 사람들에게 살짝 마법을 사용했다. 엘나르의 마법이 먹혔는지 사람들은 더 이상 전설의 동물들을 신기하게 바라보지 않았다.

"룡룡이는 걱정이 안 되는데……. 다른 동물들은 무슨 먹이를 먹어?"

"보통 곤충 같은 걸 먹긴 하는데……. 가끔 내 밥도 훔쳐 먹어."

뒤에서 쫓아오던 동물 중 하나가 뜨끔한 듯 빠른 보폭으로 아이들을 지나쳤다.

"쟤가 주로 그래."

봄이는 지나가던 동물을 손가락으로 가리켰다.

"그런데 크게 걱정 안 해도 될 것 같아. 그 숲도 마법의 힘이 강해서 동물들이 먹을 걸 잘 찾지 않을까?"
"그럴 것 같긴 한데, 왠지 내가 돌봐야 한다니까 걱정이 되어서……."
"아니야. 아니야. 쟤들 엄청나게 잘 자랄 거야. 걱정하지 마!!"
봄이는 동물들을 자신이 돌보지 않아도 된다는 사실에 무척 기분이 좋아 보였다.

"근데 지연아. 너 요새 잘 꾸미고 다니는 거 같다?"
"응? 아……. 그렇게 보여?"
"보기 좋아. 향수 향이 엄청 좋다."
"고마워….."
"다 왔어. 여기야."
소리 지르는 나무 앞이었다. 엘나르가 마법의 주문을 외우자 새로운 숲의 공간이 나타났다. 전설의 동물들과 아이들은 숲속으로 들어갔다. 예상보다 큰 숲에 아이들 모두 감탄을 금치 못했다.

"와, 엄청나게 크네."

한참을 걸어가자 오두막 하나가 보였다.

"저 오두막은?"

"내가 요즘 지내는 곳이야."

오두막 옆에는 커다란 나무가 뻗어 있었다. 룡룡이는 그 나무를 보자마자 나무 위로 쪼르륵 올라갔다.

나머지 동물들도 어디론가 흩어졌다.

"룡룡이도, 다른 동물들도 여기가 좋나 봐."

잠시 뒤 동물들이 다시 아이들 앞으로 돌아왔다. 룡룡이와 동물들은 뛰놀며 장난을 쳤다.

"참 보기 좋다."

"내가 애네들 잘 보살필게. 애들 데려와 줘서 고마워."

"응, 자주 놀러 올게. 고마워, 엘나르야."

엘나르는 웃으며 고개를 끄덕였다. 동물들이 노는 모습을 지켜보던 아이들은 숲을 내려갔다.

"그래도 좋은 곳을 찾아서 다행이야."

"응, 우리 다음 주에 애들 만나러 또 오자!"

외
전

외전

- 봄이와 현우 연애 스토리

띠리리리리링.. 띠리리리리링….

"음…. 여보, 세요…?"
이제 막 잠에서 깬 봄이가 손을 더듬거리며 전화를 받았
다.
"너…. 설마 지금 일어난 거야??!! "
잠에서 깬 봄이의 목소리를 모를 리가 없는 현우가 소리치
며 말했다.
"응? 잠시만…. 지금 몇 시야?"
침대에서 번뜩 일어나 시계를 봤다.

"잠시만 12시 30분??? 현우야 진짜 미안해 내가 미쳤나 봐. 진짜 미안해. 나 10분 만에 준비할 게 미안."

봄이는 자신도 모르게 몇 번이고 미안해를 반복했다. 그런 모습이 현우에겐 웃겼는지

"ㅋㅋㅋㅋㅋㅋ아이고 이봄~ 그럴 줄 알고 시간도 넉넉히 잡았는데…. 하지만 내가 너 늦게 일어날 거 다 예상하고 아직 집에서 안 나왔어. 얼른 준비하고 연락해~"

봄이는 현우에게 고마우면서도 너무 미안해 어쩔 줄을 몰랐다.

"진짜 미안…. 나 빨리 준비할게…. 끊어!!"

봄이는 전화를 끊자마자 어떡해!! 을 반복하며 바로 화장실로 들어갔다.

"핑크야!! 오늘 입을 옷 좀 고르고 있어 줘!! 최~~대한 예쁜 걸로 오케이???"

봄이의 마법 지팡이인 핑크는 고개를 절레절레하듯 좌우로 왔다 갔다 하더니 옷장 안으로 쏙 들어갔다.

봄이는 초스피드로 씻고 나와서 지팡이가 골라준 옷을 보았다.

" 이게 뭐야!! 옷 코디가 왜 이래…?"

봄이는 핑크가 골라준 옷을 보고 경악했다. 패션 센스라곤 하나도 없는 지팡이에 일을 맡기면 이런 꼴이 된다.

"휴…. 그냥 내가 고를게…. 그래도 옷 고르느라 수고했어!"

핑크는 삐진 듯했지만 '수고했다'라는 말에 내심 기분이 좋아진 듯했다.

봄이는 이것저것 몸에 대보고 거울 앞에 서서 이쁜 척을 하며 열심히 골랐다. 옆에 있던 룡룡이는 또 시작이라는 표정으로 봄이를 바라보았다.

"아 참!! 이럴 때가 아니지!! 이봄 너 지금 약속 시간에 늦은 사람이야!! 이렇게 한가로이 고를 시간이 없다고!!!"

봄이는 아까 대보았던 옷을 입고 화장을 조금 하고 1층으로 후다닥 내려갔다.

주방에 가니 엄마가 만들어 놓은 토스트가 있었다.

"이봄 너 약속 시간에 또 늦었지?? 그래서 엄마가 말했잖아 좀 일찍 자라고!"

어쩜 이렇게 잘 알까 봄이는 흥 하면서 토스트를 와그작와그작 씹어 먹었다.

"아이고 체 하겠다, 봄아. 우유랑 좀 같이 먹어."

"지금 그럴 시간이 없어 엄마!! 아니 근데 토스트가 왜 이렇게 짜??"

약속 시간에 늦었으면서 한가롭게 토스트 맛 타령이나 하는 봄이를 보자니 엄마는 속이 터졌다.

" 야 이봄!!! 넌 지금 약속 시간에 늦었으면서 맛 타령이나 하고 있어?? 정말 현우가 참 피곤하겠다!! 설마 지금 현우랑 약속인데 늦은 건 아니지?? 매번 이리 늦는데 너는……."

"아아아아아, 엄마 잔소리는 싫어!!!"

봄이는 엄마의 잔소리를 피해 토스트를 들고 현관으로 갔다.

"엄마 다녀오겠습니다!! 룽룽이도 잘 있어 말썽 피우지 말고!!! 얌전히 잘 있으면 누나가 맛있는 거 사 올게!!"

봄이는 신발을 구겨 신은 채로 문을 열고 달렸다.

"어휴…. 정말."

"끼잉…."

봄이가 사라지고 난 집에 남은 건 엄마와 룽룽이의 한숨뿐이다.

약속 장소에 도착하니 현우가 없었다.

"현우야!! 어디 있어??"

소리를 지르니 가로등 뒤에서 현우가 나왔다.

"왹!!!"

"꺄아!!! 야, 이현우! 깜짝 놀랐잖아!!"

"그러니까 누가 늦으래?? ㅋㅋ"

"크흠. 그래. 진짜 미안합니다."

봄이는 사과하며 웃었다.

"우리 엘나르 만나러 가는데 먹을 거라도 사갈까? 엘나르 뭐 좋아했지?"

맞다.

오늘은 엘나르와 동물들을 보러 가기로 한 날이다.

"그래! 맛있는 거 사러 가자!!"

봄이와 현우는 수다를 떨며 음식점으로 향했다.

"하…. 여기는 몇 번이고 와 봤지만 올라가기 정말 너무 힘들어."

봄이가 탄식하며 말했다.

"거의 다 왔으니까 힘내자 봄아."

현우도 가쁜 숨을 내쉬며 말했다.

그때 위에서 누군가의 목소리가 들렸다.

"애들아, 왔어?"

엘나르였다.

봄이와 현우는 너무 반가워 엘나르에게 뛰어갔다.

봄이가 엘나르를 와락 껴안았다.

"엘나르~ 잘 지냈어?"

"야! 우리 안 본 지 5일밖에 안 됐어. 당연히 잘 지냈지!"

엘나르 옆에 있던 동물들도 오랜만에 현우와 봄이를 봐서 신났는지 날뛰며 안겼다. 안 본 지 5일밖에 지나지 않았지만, 동물들도 많이 큰 것 같다.

현우가 구미호를 쓰다듬었다. 구미호는 현우의 손길이 좋은지 아홉 개의 꼬리를 좌악 펼치며 살랑살랑 흔들었다.

"그나저나 민규랑 지연이는?? 왜 안 왔어?"

"아, 걔네들 일이 있어서 못 왔어! 다음에는 다 같이 올 거니까 걱정하지 마~"

사실 민규와 지연이는 봄이와 현우의 데이트를 위해 빠져준 거지만 눈치가 없는 봄이와 현우는 그 사실을 전혀 알지 못했다.

"근데 얘네들 이제 밥 먹어서 산책해야 하는데 너희들이 같이 갔다 올래?"

엘나르의 산책이라는 말에 동물들의 눈이 반짝였다.

"한번 해볼게!!"

현우와 봄이는 고개를 끄덕이며 말했다. 엘나르가 의미심장한 웃음을 지으며 말했다.

"많이 힘들지도⋯?"

"아니, 애네들 힘이 왜 이렇게 세?? 야!! 그쪽 아니야 이쪽이라고!!"

봄이가 소리를 치며 목줄을 잡아당겼다.

"잠시만 여기가 아니야 이쪽!! 착하지~~ 이쪽이야!!"

현우도 마찬가지로 소리를 지르며 뛰어다녔다.

"이 정도면 애네가 산책하는 게 아니라 우리가 산책하는 거 아니야?"

봄이가 어이없다는 듯이 웃으며 말했다.

"그러니까 우어억, 야! 잠시만 나 힘들어!!!"

현우가 잡고 있던 거대한 알비노 구렁이가 갑자기 빠른 속도로 움직이기 시작했다.

"아니 이현우 잘 잡아보라고 ㅋㅋㅋㅋㅋ"

봄이는 웃으며 현우를 따라갔다.

그렇게 몇 바퀴 돌았을까 이미 지칠 대로 지친 현우와 봄이는 언덕에 앉아서 쉬기로 했다.

"후하…. 이제 이해했어. 엘나르의 그 웃음을."

현우는 앉을 힘도 없다는 듯이 뒤로 누워버렸다.

"그니까. ㅋㅋㅋ 근데 우리 둘이 산책시켜도 힘든데 엘나르 혼자 하려면 얼마나 힘들까? 우리가 자주 와야겠어."

봄이도 현우를 따라 누우며 말했다.

아까 그렇게 날뛰던 동물들도 현우와 봄이를 따라 하나같이 "끼잉" 거리며 누웠다.

잔잔한 바람이 불어오며 현우와 봄이의 땀을 식혀주었다.

'시원하다.'

봄이와 현우는 서로 마주 보며 싱긋 웃었다.

"우리 처음에 만났을 때가 언제지? 벌써 이렇게 시간이 많이 흐르다니 놀라워."

현우가 하늘을 보며 말했다.

"그러니까 지금까지 참 많은 일이 있었지. 힘든 일도 기쁜 일도 슬픈 일도 있었지만 시간 지나고 보면 다 추억이다. 특히 이번 일을 계기로 엘나르랑 친해져서 정말 좋았어."

봄이도 하늘을 올려 다 보며 말했다.

"그리고 룽룽이를 만난 것도 기적이지. 히히…. 가끔 말썽 피울 때도 있지만, 하…."

봄이가 주먹을 불끈 쥐며 말했다.

"그래도 난 너 아니면 못 버텼어. 봄아."

현우가 봄이를 쳐다보며 말했다. 봄이는 갑자기 오글거리는 멘트를 하는 현우를 보니 웃음이 나왔다.

"아니…. ㅋㅋㅋ 갑자기 오글거리는 멘트를 하…."

"뭐야 이 오글거리는 커플은~~?"

뒤에서 목소리가 들렸다. 바로 일어나 뒤를 보니 엘나르와 지연이, 그리고 민규가 서 있었다. 지연이와 민규를 본 동물들은 갑자기 일어나 또 지연이와 민규에게 매달리기 시작했다.

현우가 당황하며 물었다.

"야! 너희들 설마 다…. 다 들은 건 아니지?"

그 말을 들은 민규가 두 손을 모으고 말했다.

"난, 너 아니면 못 버텼어~~ 봄.아."

"야…. 김민규…!!!"

현우는 소리를 지르며 도망치는 민규를 따라다녔다.

엘나르와 지연이와 봄이는 웃으며 서로를 쳐다보았다.

"그나저나 지연이 넌 일이 있어서 못 온다고 하지 않았어?"

봄이가 지연이를 쳐다보며 말했다.

"아~ 사실 너희 데이트하라고 은근슬쩍 빠졌는데 민규랑 나랑 엘나르가 보고 싶기도 하고. 동물들도 궁금해서……"

지연이가 싱긋 웃었다.

"난 오히려 좋지. 근데 쟤네들은 언제까지 저러고 있을 건지 모르겠다, 하."

봄이가 한숨을 쉬며 옆을 보았다.

"야, 김민규! 넌 잡히면 죽었어!!"

아직도 술래잡기 중인 민규와 현우를 보며 엘나르와 지연이 그리고 봄이는 다시 한번 크게 웃었다.

기획 후기

어느덧 두 번째 책이 만들어졌습니다.

새롭게 멤버를 뽑고 소설 쓰기를 시작했지만 1년의 과정이
결코 쉬운 일이 아니라는 걸 다시 한번 느낍니다.
두 번째 책의 멤버들은 그래도 소설을 한 번 써봤기에 경
험이 있어서, 조금 수월하지 않았나 생각합니다.

이 책이 시리즈로 3권, 4권으로 이어져 10권까지도 계속
나오기를 바라는 마음이 있습니다.
그리고 이 책을 시작으로 중학생들에게 독서라는 바람이
불기도 바라봅니다.

아멜리아 시리즈로 쓰자고 결정했을 때, 하늘이 내린 운명처럼 코로나에 걸리는 바람에 반강제적으로 일주일간 집에 갇혀서 소설을 집필했던 성윤이, 소설 쓰기가 끝나자 또다시 하늘의 운명처럼 코로나에 걸려 집에 갇혀서 삽화를 그렸던 경윤이.

우리 소설이 잘되려는 하늘의 운명이 아니었나 생각합니다.

다른 모든 작가분도 고생이 많았습니다. 우리 모두 힘을 모으지 않았다면 아멜리아와 전설의 동물이라는 멋진 소설이 탄생하지 못했을 겁니다.

여러분은 이제 고등학생이 됩니다.

지금 이 소설을 썼던 힘을 기억해서 앞으로 자기 앞에 펼쳐진 길도 열심히, 멋지게 살아가기를 바랍니다.

2024년 멋진 한 해를 시작하며
배혜림

아멜리아와 전설의 동물

1판 1쇄 인쇄 2024년 1월 8일
1판 1쇄 발행 2024년 1월 15일

지은이 · 강민서 김다해 박소영 방이현 배혜림 백승희 송민준 조성윤
그 림 · 서경윤
발행인 · 주연지
기획 및 지도 · 배혜림
편집인 · 석창진 **편집** · 이혜진
디자인 · 김지영

펴낸곳 · 몽실북스 **출판등록** · 2015년 5월 20일(제2015 - 000025호)
주소 · 서울 관악구 난향7길52
전화 · 02-592-8969 **팩스** · 02-6008-8970
이메일 · mongsilbooks@naver.com
네이버 포스트 · post.naver.com/mongsilbooks_kr
인스타그램 · instagram.com/mongsilbooks

ISBN 979-11-92960-50-0 (43810)

●잘못된 책은 구입하신 서점에서 바꿔드립니다. ●책값은 뒤표지에 있습니다.

몽실북스에서는 작가님들의 원고를 기다리고 있습니다. 자신만의 이야기를 책으로 만들고
싶다 하시면 언제든지 mongsilbooks@naver.com으로 연락처와 함께 기획안을 보내주세
요. 몽실몽실하게 기대하며 기다리겠습니다.